# 挽歌の雪

渡辺裕之

角川文庫
24170

目次

# プロローグ

緒方慎太郎は揺さぶられる感覚を覚えて目覚めた。

周囲は一面白く、異常に寒い。

「ここは、秋田なのか？」

緒方は譫言のように呟き、上を向いた。

左瞼は腫れ上がり、鼻血の跡が赤黒くなっている。後ろ手に縛られてコンクリートの床に座らせられていた。

「殴られ過ぎて頭がおかしくなったのか？」

傍に立つアジア系の男が中国語で言った。

「まだ、拉致した際に使った薬の影響も残っているかもしれませんね。あるいはショックで幻覚を見ているのかもしれませんよ」

右手に血の滲んだ布を巻きつけた男が苦笑してみせた。スラブ系のアクの強い顔をしているが、中国語が堪能である。

「まだ、何も吐いていないぞ」

アジア系の男が不機嫌そうな顔で言った。

「この男は根っからの諜報員です。薬だろうが拷問だろうが、口は割りませんよ」

スラブ系の男が肩を竦めた。

「だったら、二人の米国人と同様に利用するまでだ」

アジア系の男は足元のビニール袋の死体を見て笑った。

「それじゃ。心臓に銃弾を食らわせますか？」

スラブ系の男が銃を抜き、緒方の心臓に銃口を向けた。

「銃撃戦で心臓を狙える人間なんていないだろう。私がやる」

男はポケットからグロックを抜くと、緒方の心臓の下を狙って撃った。

「ぐっ！」

緒方は呻き声を上げた。銃で穴の空いたジャケットから血とともに、なぜか透明の液体がほとばしる。

「なんだ？　これは？」

アジア系の男が首を捻った。

「ガソリンですよ。どうしてこんなに？」

スラブ系の男が首を傾げた。

「俺の死体は使わせないぞ」

緒方は二人の男を睨みつけた。

「何を言っているんだ。この男は」

アジア系の男が、険しい表情になった。

緒方の足元から煙が立ち始める。

「どういうことだ？」

スラブ系の男が慌てて緒方の体を調べ始めた。

瞬間、緒方の足から炎が燃え広がる。

「靴に着火剤を仕込んであった。踵を合わせると、火が点くのだ」

緒方は炎を恐れることもなく答えた。

「馬鹿な！」

アジア系の男が炎を上げる緒方から離れた。

「ゲームの始まりだ！」

緒方は声を上げて笑い、やがて炎に飲み込まれた。

# 死者からの伝言

## 1

トンネルの暗闇を抜け、こまちの車窓に陽が差した。

影山夏樹は読んでいた雑誌を閉じ、身を乗り出す。

走り去る視界の片隅に雪のような白片を見た気がしたのだ。だが、新たなトンネルの闇で、車窓は遮断される。

再びトンネルを過ぎると視界が広がり、田畑の傍に真綿のような雪の塊が残っていることに気が付いた。

東京駅八時四十分発秋田行きの新幹線こまち9号に乗っている。

一関市を過ぎてトンネルを重ねるごとに大地の残雪は多くなり、平泉辺りで一面の雪野原に変わった。

数年ぶりの懐かしい日本の雪景色にほっとし、僅かに口角を上げた。

夏樹はパリに本社を置く〝ナヴィル・マーショ〟という貿易商社を経営している。

倉庫や物流は外注だが、インターネットで仕入れて販売するシステムを構築し、社員は十二名という小規模ながら一千六百万ドルの年商がある。

　貿易商社だけでなく株式投資で年間二千万ドル近くの配当を得ている資産家としても活動しているが、影山夏樹の名が世間に知られることはない。それは、幾つもの顔と名前を持つからである。現に今でも七十代の年齢に見えるように特殊メイクをしていた。存在を知られないように人前で素顔を晒すことはないのだ。

　夏樹はかつて公安調査庁の非公開部署である第三部に所属し、特別調査官として海外で諜報活動を行っていた。殺人も厭わない冷徹さでトップエージェントとしての地位を確立し、敵対関係にあった中国や北朝鮮の諜報機関から〝冷的狂犬(冷たい狂犬)〟と恐れられた。素顔を決して見せない変装の名人ということもあり、コードネームが尾鰭を付けて広まったということもあるのだろう。

　だが、冷たい狂犬としてあまりにも知られ、庁内でも冷酷で残忍な手法が問題視されたことで退職した。その後、公安調査庁の上司だった緒方慎太郎の依頼をきっかけにフリーランスのエージェントとして独立している。今では海外の諜報機関から仕事の依頼がくるまでになっていた。

　パリに拠点を置くのは、EUの中心都市のために情報が集積することもあるが、米国並みに人種の坩堝であるため身を隠すのに便利だからだ。また、冷たい狂犬を敵視する中国や北朝鮮のスパイ天国である日本では、活動し難いということもあった。

三日前、パリの自宅に公安調査庁時代の部下であり、同僚でもあった真木麗奈から手紙が届いた。彼女とは一時的に男女の関係になったこともあり、パリにいくつか所有している自宅の一つの住所を教えてあったのだ。

手紙には「十二月二十一日、コブラの葬式です。向日葵より」とたった一行の文章と、十二月十九日シャルル・ド・ゴール空港発・羽田空港行きの航空券、それに十二月二十日九時八分東京駅発、大曲駅行き新幹線こまち11号の乗車券と特急券が入っていた。

「向日葵より」というのは、花の種類により緊急レベルを麗奈との間で現役時代に決めていた。「薔薇」はレベル5、「百合」はレベル4、「向日葵」はレベル3で、さほど緊急性はない。「朝顔」はレベル2で参考までにという程度を示し、レベル1は必要がないので決めなかった。メールを利用せず、直接航空券などを送ってくるところが麗奈らしい。

だが、移動手段が他人に知られていることは知人だとしてもありえないことなので、麗奈の航空券は使用せずに別の便で来日した。また、こまち11号よりも三十分ほど早いこまち9号に乗り込んだ。

「コブラ」とは緒方のコールネームである。死因は知らないが二週間ほど前に亡くなったことは知っていた。葬式は終わっていると思っていたし、呼ばれたからといって行くつもりもなかったのだ。

というのも夏樹は二〇一六年に、緒方が中国との二重スパイだと暴き、刑務所に送っているからだ。日本にはスパイ防止法がないため、緒方は住民基本台帳法第四十二条に基づき守秘義務違反で逮捕され、執行猶予なしの二年の懲役を受けている。執行猶予がなかったというのは、現行の法律ではスパイとしての緒方の罪を裁ききれないため、別件で裁いたということを裁判所が示したのだろう。

緒方は罪を認めて上告しなかった。起訴された段階で公安調査庁は懲戒免職となっており、服役後に実家に戻ったと聞いている。

緒方を世間的に抹殺した夏樹に葬式に来いというのは、何か深い事情があるのだろう。麗奈は優秀な諜報員である。彼女の行動に重大な意味があると考え、夏樹は日本行きを決めたのだ。とはいえ、緊急レベルも高くないし、久しぶりの日本だけに海外では味わえない日本食や風景を楽しみにしている。

二〇二二年にロシアがウクライナに侵攻した影響は、全世界を不安定にした。そのため、夏樹は対ロシアの情報戦で休むことなく働き続け、いささか疲れ気味であった。秋田の大曲といえば、近くに乳頭(にゅうとう)温泉や玉川(たまがわ)温泉など有名な温泉どころがあるので、英気を養うためにも湯治をするつもりだ。どちらかというと、それが主たる目的だと言った方がいいだろう。

午前十一時五十二分、こまち9号は大曲駅の東の端にある新幹線ホームに到着した。北西に進んでいた秋田新幹線は一旦(いったん)南に折れて大曲駅に入り、出発時はスイッチバックする形で再び秋田駅に向かう。

改札を出た夏樹はとりあえず駅表である西口に出た。ここから先のことは聞いていない。そもそも、緒方の実家は〝かたくり〟という田沢湖(たざわこ)に近い温泉宿だと聞いており、新幹線の駅なら大曲の前にある角館(かくのだて)駅かその前の田沢湖駅に下車するのが便利なはずだ。

夏樹は濃厚な白い息を吐きながら周囲を見回した。

駅前と言っても数台のタクシーが停まっている小さなロータリーがあるだけで、近くに大きな商業施設はなさそうだ。新幹線の駅前だが、少々寂れている。大曲で開催される日本最高峰と言われる〝全国花火競技大会〟の名があまりにも有名なためもっと大きな駅だと勝手な想像をしていたようだ。

気温は零度。歩道には除雪された雪が残っており、ところどころアイスバーンになっている。秋田は十七日から雪が降り続いていることは分かっていたので、モンクレールのダウンジャケットにザ・ノース・フェイスのトレッキングシューズ、防水バックパックと防寒防水にも備えてある。

天気予報では雪であったが雲の隙間から青空が顔を覗（のぞ）かせており、そのせいかあまり寒さを感じない。

「さて」

夏樹はポケットから白いハンカチを出して洟（はな）をかんだ。いつも変装しているので、夏樹であることを意味する合図である。

すると、スバルのＳＵＶである品川（しながわ）ナンバーの白のフォレスターがロータリーに走り込み、夏樹の前でタイヤを鳴らして停まった。

「乗って」

ハンドルを握る麗奈が、助手席のウィンドウを下げて言った。久しぶりだが、愛想なしである。彼女なら夏樹が時間より早く到着すると予測していると思っていた。

「了解」

夏樹は冷めた表情で答え、助手席に乗り込んだ。

## 2

午後十二時二十分。

麗奈の運転するフォレスターは、国道１０５号を北東に向かって走っていた。

昼飯を角館の食堂で食べるというが、大曲駅で降りたために引き返す形になってい る。時間も四十分以上ロスすることになるが、角館駅を避けたのは夏樹が尾行されて いないか確認するためだったのだろう。職業柄、不合理な行動はしないため、あえて 不可解な行動の理由は尋ねなかった。

麗奈は、夏樹が特殊メイクで他人の顔になっていることに触れない。公安調査庁時 代に夏樹の一番近くにいただけに、当たり前だと思っているのだろう。

数年前、彼女は公安調査庁から非公開の情報機関にヘッドハンティングされて移籍 したことは知っている。非公開だけに正式名称は知らないが、夏樹は勝手に国防局と 呼んでいた。内閣情報調査室の元室長補佐だった安浦良雄が、局長を務めていると聞 いたことがある。本気で調べれば分かることだが、興味がないのだ。

「お葬式は、明日朝の九時から、角館郊外にある満願寺で執り行われるの。だから、 今日は観光を楽しむつもりよ。角館は初めてでしょう?」

麗奈は正面を向いたまま楽しげに言った。運転しながら日本は暖冬で暖かかったが、 今日は全国的に冷えているなどとたわいもない話をしてきた。盗聴を恐れているのだ ろう。

夏樹はバックパックから小型の盗聴盗撮発見機を取り出し、スイッチを入れた。

「仕事から離れているから、世間話をしているの」

麗奈は盗聴盗撮発見機を左手で遮り、首を横に振って見せた。

「君が緒方の葬式のためにわざわざ私を呼び出したというのか？」

夏樹は盗聴盗撮発見機をバックパックに仕舞い、肩を竦めた。

「ずいぶんと疑うのね」

苦笑を浮かべた麗奈は左手でグローブボックスを開け、封筒を指先で摑んだ。

「……！」

封筒を受け取った夏樹は、中から短冊を出して目を見張った。

〝世の人の見付けぬ花や軒の栗〟という句が、小筆で書かれている。これは松尾芭蕉が〝奥の細道〟で詠んだ有名な一句であるが、〝奥の辛太郎〟という妙な俳号が記されているのだ。

「俳号は緒方さんのよ。彼は下手の横好きで、職場でも詠んでいたわ。俳句というより、川柳みたいだった。なんで芭蕉の句を自分が詠んだかのように書いたのかも分からないけど、この短冊をあなたに渡してくれって私宛の手紙に同封されていたの」

麗奈は首を傾げながら言った。

「私宛？　亡くなったのは二週間前だろう。いつ手紙を受け取ったのだ？」

夏樹は右眉を上げたまま尋ねた。

「死体が発見されたのが二週間前。私が手紙を受け取ったのは一週間前よ。おそらく、彼は自分の死が確認されたら手紙が送られるように誰かに頼んでいたのね」

麗奈は抑揚のない声で答えた。これは事務的に報告する際の口調である。

「殺されたんだろう。ずいぶん恨まれていたからな」

夏樹はふんと鼻先で笑った。葬式までに日数が掛かったのは、検死解剖などで警察から死体が戻ってこなかったからだろう。それに緒方には身寄りがないと聞いている。死体の引き取り手がいなかったのかもしれない。

「私は彼に恨みは持っていなかったから、同情しているわよ」

麗奈は笑ってみせた。彼女得意の皮肉だろう。

「この俳句を、どうして、ここまで重要視しているんだ？」

夏樹は短冊を透かして見ながら尋ねた。彼女の行動は、旧知の同僚を迎えるには度を越している。緒方の短冊に何かあると感じたから夏樹を呼び出したのだろう。

「緒方さんの死と前後して、中国、北朝鮮、ロシア、それに古巣の公安庁も動いている。ひょっとして何かヒントがあるかもと私は思っているの」

麗奈は首を横に振っている。古巣の公安調査庁さえも敵と思っているのだろうか。

「緒方が何か彼らを刺激するような物を持っていたというのか？」

夏樹は眉を寄せた。緒方は公安調査庁に長く勤め、中国の情報機関とも深く関わっていたために両国の極秘情報に触れる機会があった。今動いている連中は、緒方が握っていた情報が欲しいのか、あるいは情報の漏洩（ろうえい）を心配しているのかのどちらかだろう。

「可能性はあるわね。公安庁には探りを入れているからいずれ分かるはずよ。ただ、今現在でその鍵（かぎ）を握っているのは、あなただと思う」

　麗奈がようやく理由を話した。素直に話さなかったのは、夏樹をコントロール下に置きたかったからだろう。だとすれば、見くびられたものだ。ちなみに公安調査庁に勤めていた頃は、「本店」とか「本社」と隠語を使っていた。

「どうでもいいが、後ろから付いてくるのは公安庁かな？」

　夏樹はサイドミラーを見て言った。スバルの白いインプレッサＷＲＸが駅近くから付いてきている。夏樹は顔を知られていないので、尾（つ）けられるとしたら麗奈である。

　彼女は目鼻立ちがはっきりとしている美人なので、公安調査庁時代は目立たないように地味な化粧をしていた。だが、新しい組織に入ってからは、普通に化粧をしているので、どうしても目立つ。そもそも品川ナンバーの車で秋田に乗り込むべきではない。

「そうかもしれないわね」

　麗奈は悪びれることなく小さく笑った。

## 3

三十分後、夏樹を乗せたフォレスターは国道１０５号を外れ、角館市街に入った。二日ほど前から寒波の影響で全国的に冷え込んでおり、秋田は雪が降り続いていると聞いていたが、どこもよく除雪されている。

麗奈は桧木内川(ひのきないがわ)沿いの道を進み、県道２５０号日三市(ひさいち)角館線との交差点を右折した。彼女はここまでカーナビを使用していない。夏樹も秋田市内と近隣の道路はすべて把握している。仕事ではないが、職業柄自分が行く場所の地理は事前に路地裏まで頭に叩(たた)き込んでおくのだ。

二つ目の交差点を左折した。この交差点から、約八百メートル北の国道３４１号までが、四百年の歴史を誇る武家屋敷通りである。角館の街は初めてであるが、国の重要伝統的建造物群保存地区に指定されており、江戸(えど)時代の面影を残す街並みは以前から見たいと思っていた。

突き当たりの街角まで続く黒板塀や武家屋敷の枝垂れ桜の枝にも白い雪が積もり、白と黒の見事なコントラストをなしている。枯山水の絵を見るような風情のある風景に、いつも感情を押し殺している夏樹でさえ心動かされるようだ。

平日ということもあり、観光客の姿がほとんどなく、通りは深閑としている。江戸時代の雪の日もこんな感じだったのだろうかと、想像するのも面白い。

ゆっくりと車を走らせた麗奈は、二百メートルほど先にある二つの食堂の前で車を停めた。後のインプレッサWRXも百メートル後方で停止する。

ちらりとバックミラーを見た麗奈は、二つの食堂の間にある狭い路地に入り、その先にある雪が踏み固められた駐車場に車を停めた。インプレッサWRXは、そのまま通り過ぎて行った。

車を降りた麗奈は、アイスバーンになっている地面を平気で歩いている。ザ・ノース・フェイスのダウンに防寒レギンスを穿き、シェルパブーツで足元を固めていた。それに肩から掛けているのはブランドのポーチではなく、防水のタクティカルポーチである。秋田入りするために装備は準備してきたらしい。

彼女に続いて車を降りてふと見上げると、粉雪が舞っている。気温は午後になって下がったようだ。

「通りから見て右側が『桜の里』、左側が『古泉洞』、どちらも稲庭うどんの名店だけど、私は親子丼を食べたいから『桜の里』で、いいでしょう？」

麗奈は振り返ってニコリとする。その笑顔は妙に艶やかで妖艶とも言えよう。年は十歳下だが、諜報員として二十年近いキャリアを積んで、自信に満ち溢れているように見える。

「任せる」

夏樹は表情もなく答えた。

二人は食事処・桜の里の引き戸を開けて中に入った。時刻は午後一時を過ぎている。平日の昼時を過ぎているためか、人気店にも拘わらず客はいない。雪の影響もあるのだろう。

出入口正面は土産物売り場になっており、左手奥に小上がりの座敷があった。フロアの中央と座敷と反対側の壁際にテーブル席が配置されている。テーブル席は頑丈な木製の長テーブルに、畳が貼られた和風の長椅子で古民家の店構えとマッチしていた。

麗奈が座敷とは反対側の壁際の長椅子に座ったので、夏樹は仕方なく出入口に背を向ける形で座った。職業的に言えば、座ってはいけない向きである。

「いらっしゃいませ」

厨房の若い男と座敷際に立っている紺色の制服を着た女性が声を上げた。

「昨日稲庭うどんを食べているから、私は親子丼」

麗奈はメニューを見ないで言うと、テーブルに置いてあったメニューを夏樹にさりげなく渡した。

写真付きメニューで、左側に「日本三大美味鶏」と大文字の下に「究極の比内地鶏親子丼」と書かれた写真がある。その下には焼き鳥串の写真も載っていた。右上には「佐藤養悦本舗『稲庭干饂飩』」と記され、様々な種類の麺の写真が載っている。どれも美味そうだ。

「比内地鶏の親子丼も惹かれる。セットメニューもありか」

夏樹は首を傾げた。親子丼とうどんのセットもあるのだが、写真は温うどんになっている。冬なので温かいメニューを中心にしているのだろうが、つけうどんを食べたいのだ。

「セットメニューで冷たいうどんにもできるわよ」

麗奈は助け舟を出した。付き合いは長いので、夏樹の心を読んだらしい。

「それがいい」

夏樹がメニューを閉じると、麗奈は温かいお茶を出してくれた女性店員に注文した。

「食後は観光と決めているようだが、目的は何だ？　そもそも君は任務として動いているのか？」

夏樹は小声で尋ねた。

「私は今休暇中。命令は受けていないわ」

麗奈は平然と答えたが、嘘だとすぐ分かる。

「それなら、個人で動いているというのか？」

夏樹の質問に麗奈は笑って誤魔化した。

「あなたに渡された芭蕉の『世の人の見付けぬ花や軒の栗』は、福島県の須賀川で詠まれた句なの。だからと言って須賀川に関係しているとは思えない。また、『栗の花』は夏の季語だけど、季節も関係ないと思うの」

麗奈は店の従業員を気にすることなく、話し始めた。

「現代語でこの句を解釈するなら、世の中の人の目に留まらぬ目立たない花だが、この家の主人は栗の木を軒近くに植え、ひっそりと、あるいはひそかに住んでいる。という意味だ。栗の花は目立たないが、強い独特な匂いを放つ。芭蕉は家の主人は、栗の花のようにひっそりと住んでいるが個性が強い人物だと興味を持ったのだろう」

夏樹は自分の解釈を披露した。中国語がネイティブ並みに話せるため漢詩も嗜んでおり、俳句を詠むことはないが興味はある。

ちなみに栗の花は、ススキのような形をしており、花の形を愛でる人はいないだろう。また、離れた場所でも気が付くような青臭く強烈な匂いである。

「さすがね。緒方さんは、三年ほど前から角館の歴史案内人組合に所属し、観光客に武家屋敷通りの街を案内していたそうよ。だから、芭蕉の句を引用し、この街のどこかに何かを隠したんじゃないかと私は考えているの」

麗奈は夏樹に顔を近付けて言った。彼女のうなじからクロエのオードパルファムの香りがする。男を酔わせるクラシック・ローズの香りが、彼女のお気に入りだ。

「観光と称して、この街を捜索するということか？　私が断るとは思わなかったのか？」

夏樹は首を横に振った。

「でもあなたは来たでしょう？　謎をそのままにしておくのが大っ嫌いなはずよ」

麗奈はにやりとした。夏樹の性分は完全に見透かされている。

「正直言って緒方の葬式などどうでもいい。久しぶりの日本を満喫するつもりだ。君に協力できるかは分からないぞ」

夏樹は肩を竦めた。

「お待たせしました」

女性店員が、お盆の料理をテーブルに載せた。

「頂きます」

箸を取った夏樹は綺麗に器に揃えてある稲庭うどんを摘み、なめことワサビを入れた白だしツユに付けてうどんを啜った。歯ごたえがあり、出汁が利いたツユとワサビが絶妙でなめこもアクセントを与えている。

「美味い」

思わず舌鼓を打ち、箸を進めた。東京で稲庭うどんを何度も食べたことがあるが、これは別物である。

「でしょう。親子丼も試してみて」

麗奈は嬉しそうに言った。十数年前、パリのレストランで食事をした時の彼女の笑顔が脳裏を過ぎる。若い彼女を諜報員として現地で鍛えることが、夏樹の仕事でもあった。いわゆる師弟関係で四年働いている。

だが、中国での任務を受けて夫婦という設定で活動した際に、男と女の関係になった。それが任務に影響を及ぼすことはなかったと言いたいが、敵の工作員に彼女は負傷させられ、彼女とコンビを組んで初めて任務は失敗している。その後、夏樹は公安調査庁を退職した。彼女との記憶は甘酸っぱくも苦いのだ。

親子丼も堪能した後、二人は店を出た。麗奈が薦めただけあって、出汁の利いた半熟の比内地鶏の卵と、旨味が凝縮された歯ごたえがある鶏肉は絶品であった。

夏樹は再び、フォレスターの助手席に甘んじた。麗奈は公安調査庁時代に運転技術も徹底的に訓練されているので安心できるのだ。

駐車場から武家屋敷通りに出ると、再びインプレッサWRXが付いてきた。車種からすれば、秋田県警の覆面パトカーだろう。公安調査庁が県警の警備部から借りているのかもしれない。警視庁は公安警察として公安部が日本で唯一独立しているが、県警では規模も小さくその役を警備部の第一課と第二課が担っている。

「次に行こうか」

バックミラーを見た夏樹は、息を漏らすように言った。

4

麗奈は、日三市角館線から桜木内川沿いにある桜並木（さくらなみき）駐車場にフォレスターを入れた。武家屋敷通りにはコインパーキングがないためである。食事をした店からは四百メートルほど離れた場所にあるが、これからの移動は徒歩になる。

平日のためか、あるいはオフシーズンのためか、中央出入口にある管理事務所は閉鎖されている。だが、出入口に柵（さく）は設けられておらず自由に出入りできるため、麗奈は南端の出入口近くに車を停めた。

インプレッサWRXは駐車場に入らずに日三市角館線に車を停めている。すでに尾行はばれているのだが、あからさまに駐車場に入ることを戸惑っているのだろう。というのも観光バスも停められるだだっ広い敷地にフォレスターの他は雪が積もった軽トラックが一台駐車しているだけなのだ。

駐車場を出た二人はT字の交差点を渡り、除雪されてできた雪の壁を回り込んで歩道を歩く。オフシーズンは土日以外の営業はしていないのか、食堂や土産物屋は閉じている店が多い。

「きれいな奥さん。味見していって」

歩道に迫り出すように建てられた小さな土産物売店から年配の女性が出てきて、夏樹と麗奈に小さな飴を渡してきた。観光客どころか通行人さえいないので、暇なのだろう。店先のワゴンに何種類か袋詰めされた飴が置かれている。試食したのは、黒豆の餡が有平糖でコーティングされた飴で、素朴で味わい深い。

「おばさん。後から男の人が来るから、その人たちにも絶対勧めてね。黒豆の飴をいただくわ」

麗奈は女性に笑顔を振りまいて売店の前に立った。「きれいな奥さん」と言われて気をよくしたらしい。

「行きましょう。あなた」

購入した飴をタクティカルポーチに仕舞った麗奈は、夏樹の手を取って歩き出した。

「任務でもないのに、夫婦役か？」

夏樹は横目で麗奈を見た。彼女とのスキンシップを嫌っている訳ではない。だが、片手でも自由が利かないと、咄嗟に動けないことを避けたいだけだ。それに歩道の除雪してある部分は狭いので、二人並ぶと歩き難いこともある。

「ひょっとすると、国家の危機になるかもしれないでしょう。黄金のコンビ復活よ」

麗奈は笑って取り合わない。夏樹は表情を無くすことで感情を読み取られないようにする。だが、彼女はその逆で、豊かな表情を見せることで本心や感情を隠すのだ。

百メートルほど歩いて武家屋敷通りの交差点でさりげなく振り返ると、二人の男が売店の女性に捕まっていた。ダウンジャケットを着ているが、足元は革靴である。地元の人間ではないことは一目で分かる。東京から麗奈を尾行してきたので、雪国仕様にできなかったのだろう。

交差点から百三十メートルほど進み、一際立派な青柳（あおやぎ）家という武家屋敷の門を潜った。武家屋敷通り沿いで公開している武家屋敷は、歴史博物館の役割を持つ。中には住民が居住しながら、一部を公開している屋敷もあるそうだ。

江戸時代、武家の格式によって門の造りは決まっていた。青柳家は芦名（あしな）氏の家臣として仕え、藩への功績が認められた上級武士だけに許される〝薬医門（やくいもん）〟と呼ばれる重厚な門を構えたそうだ。この程度の知識は、秋田に入る前にガイドブックに書かれていたことである。どんな些細（ささい）な情報でも貪（むさぼ）るように吸収するのは、一種の職業病だろう。

青柳家は三千坪の敷地に重要文化財に指定されている母家の他、池のある庭園や武器蔵や解体新書記念館、秋田郷土館、蔵を改造したカフェや茶寮など四百年の歴史がある建物の随所に、調度品や武具などが残されている。

「驚いたな。四百年前の建造物や武具がそのまま残っているのか」

夏樹は母家を見学しながら何度も頷いた。ガイドブックやネットでは掲載されていない展示物を見て素直に驚いている。公安調査庁時代から今日に至るまで、活動の根底には日本を守りたいという強い信念があった。角館の四百年も前の文化財を市や住民が守っていることに、どこか通じるものがある様な気がする。

母家の畳部屋に上がることはできないが、各エリアにある展示スペースを靴を脱ぐことなく見られるように配置されている。絵画展のように展示順に見学できるようになっているのだ。

「今日は、観光客が少なくて本当にラッキーだと思うわ」

隣りで鑑賞している麗奈も大きく頷いた。歴史的遺物と会話するがごとく、ゆっくりと見て回れる。正直言って緒方のことなど忘れていた。

夏樹と麗奈が同時に顔を見合わせた。背後に人の気配を感じたのだ。

「失礼ですが、元公安調査庁の真木麗奈さんですか？」

案の定、声を掛けられた。

二人が振り返ると、先ほど飴の売店の女性に捕まっていた二人が、深々と頭を下げている。尾行に疲れて声を掛けてきたのだろう。

「あなたたち、社会人の常識はないの？」

麗奈は諭すように言った。先に名乗れと言っているのだろう。

「私は公安調査庁第三部、調査官の石神健太郎です」

右側の背の高い男が、身分証を出して名乗った。一八〇センチほどありそうだ。

「同じく、第三部調査官の猪俣賢治です」

左側の男は一七〇センチほどで、彼も身分証を見せた。二人とも夏樹と麗奈の後輩に当たるようだ。第三部は現在でも公安調査庁の非公開部門である。第三部に所属しているということは、それだけ優秀だということだ。

「私はともかく、彼は民間人なのよ。第三部を名乗って呆れるわね」

麗奈は腰に手を当てて口調を荒らげながらも左手でスマートフォンを出した。国防局専用のスマートフォンなのだろう。石神と猪俣のことを調べているらしい。

「影山夏樹さんとお見受けします。失礼がないように第三部と名乗りました」

石神は夏樹に向かって言った。

「影山夏樹は、死亡したと公安庁では記録があるはずよ」

麗奈は苦笑すると、スマートフォンをタクティカルポーチに仕舞った。二人を確認できたらしい。夏樹は退職する際に、中国や北朝鮮の諜報機関の目を欺くために死亡したことにしている。事実を知っているのは、ごく一部の関係者だけだ。

「冷たい狂犬が活動しているという情報は、ＣＩＡやＭＩ６でも公然の秘密となっています。本店では海外の諜報機関と交流がありますので、ご活躍の情報は得ています。確かに目の前の男性は、記録にある写真とは違いますが、背恰好は条件に合います。変装の達人と聞いております。違いますか？」

石神は鋭い視線で夏樹を見て尋ねた。

「立ち話もなんだから、コーヒーを飲みながらお話ししましょうか」

麗奈は、溜息を吐いた。

5

夏樹は、麗奈に従って母家を出た。

公安調査庁の二人は、少し距離を取って夏樹に付いてくる。すぐ背後に近寄ることは、諜報の世界では敵意と捉える可能性があることを知っているからだろう。

雪が積もった中庭を歩いて行くと大きな蔵があり、軒先に〝ハイカラ館〟と彫られた銅板の看板がぶら下がっていた。軒下に氷柱が数十センチも伸びており、今さらながら北国に来たのだと実感する。

出入口のガラス戸を麗奈が開けた。

「いらっしゃいませ」

出入口のすぐ左手にある小さなカウンターから女性スタッフが出てきた。

正面は半地下になっており、立派なバーカウンターがある喫茶室になっている。出入口の左手にあるカウンターの奥は土産売り場になっており、喫茶室とは壁で仕切られていた。右手は大きな古時計が置かれた階段があり、二階はアンティークミュージアムになっているようだ。

「今日は」

麗奈は女性スタッフに挨拶(あいさつ)をし、半地下の喫茶室に入る。丸テーブルの四人席が四卓、奥には椅子が六脚ある長テーブルの席があった。

麗奈は奥のテーブル席に座り、夏樹はその隣りに腰を下ろした。今日はどこも人気がないらしく、カフェも他に客はいない。

「改めまして、石神と申します」

遅れて入ってきた石神は夏樹の前に、猪俣は麗奈の前に立つと、二人は恭しく名刺を渡してきた。

「今どきの調査官は名刺を配るのか」

夏樹は鼻で笑った。非公開の部署で、身分を明かすことはあり得なかったために名刺すら持っていなかったのだ。さすがに第三部と印刷されていないが、名刺の裏に手書きで携帯の電話番号が記されている。連絡を取りたいということなのだろう。

「これはセキュリティレベルの高い方にだけお渡しするもので、本庁の入館証明書の代わりにもなります」

石神は苦笑を浮かべながら腰を下ろした。

「お飲み物は何を召し上がられますか？」

さきほどの女性スタッフが、テーブルの傍に立った。

「私は南蛮茶。皆さんもそれでいい？　四つ、お願いします」

麗奈が例によってメニューも見ないで注文した。ガラスのカバーに入ったメニューがテーブルにあり、「南蛮茶（特選コーヒー）」と記されている。麗奈は夏樹や石神らの顔を順に見ただけで注文した。石神らはコーヒーのことだとはまだ気付いていないようだ。

「あなたたちは、私を東京から尾行してきたんでしょう？　どういう命令を受けてきたの？」

麗奈は注文を取った女性が去るのを待って尋ねた。シーズンオフのため、ハイカラ館は彼女一人で運営しているらしい。カウンター内の厨房に入ったので、彼女がコーヒーを淹れるようだ。夏樹らがいるテーブルからは離れているので、会話を気にする必要はないだろう。

「我々は、亡くなった緒方が残した機密情報を探し出し、それを回収するよう命じられています。そのため、緒方のことを一番よく知っている真木さんと影山さんに接触する必要がありました。真木さんを尾行する形になったことは、謝罪します。しかし、影山さんを確認できるまでは、接触してはいけないと命じられていました」

石神が麗奈に謝ると、猪俣も慌てて頭を下げた。

「私が誰かという議論をするつもりはない。誰の命令だ？」

夏樹は二人を交互に見た。夏樹が来日することを予測した人物がいるはずだ。

「中田調査第三部長です。命令を受けた時は、驚きました。CIAやMI6から冷たい狂犬の情報を得ることはありましたが、影山さんは死亡したと聞いていましたので別人だと思っていました。しかし、部長は我々を呼び出し、彼なら必ず来日するから、真木さんを監視するように命じられたのです。失礼ですが、あなたを隠し撮りし、写真を部長に確認してもらいました。一見別人に見えますが、本人に間違いないと判断されたようです」

石神は上目遣いで言った。

「中田？　中田雅明のことか？」

夏樹はふんと鼻息を漏らした。中田雅明は夏樹の公安調査庁の二年先輩である。彼は夏樹の非合法な諜報活動を黙認していたが、快く思っていなかったようだ。

「それにしても緒方さんが辞めたのは、十一年も前のことよ。どうして今になって機密情報を持っていると分かったの?」

　麗奈は首を傾げた。

「ご存知のように彼は中国と密接に繋がっていたため、退職後も我々の監視下にありました。実際には、県警の警備部に依頼し、定期的に報告も上げられていたのです。帰郷した緒方の暮らしぶりは質素で、問題ないと認識しておりました。しかし、二週間前に発見された緒方の死体には拷問を受けた痕がありました。自白を強要されたことは明白です」

　石神は小声で答えた。

「お待たせしました」

　女性スタッフが、洒落たコーヒーカップをテーブルに載せた。いささか顔が緊張している。夏樹と麗奈はともかく、石神らは強面でスーツを着ているので近寄りづらいのだろう。

「お二人は、どこのホテルに泊まるんですか?」

　麗奈は笑みを浮かべて尋ねた。女性スタッフの手前、世間話で場を和ませようとしているのだろう。

「この近くに宿泊するつもりですが、まだ予約はしていません」

　石神も演技だろうが、笑顔で答えた。

「そう。よかった」

　麗奈は女性スタッフが立ち去ると、笑顔を消して言った。

「死体の状況だけで判断したんじゃないよな？」

　夏樹は表情もなく尋ねた。死体が傷んでいたからと言って拷問されて、自白を強要されたと判断するのは早計である。

「実は日本にある中国の〝海外派出所〟を我々は警視庁の公安とは別に監視下に置いています。方法は申し上げられませんが、そこ経由で『コウモリ』から情報を得られず』という暗号メッセージを得ました。『コウモリ』とは、中国公安部が緒方に付けたコールネームです。暗号メッセージは、十二月四日に外部から〝海外派出所〟にメールされています。緒方が殺害された日と符合します」

　石神は声をさらに潜めて言った。

　通称〝海外派出所〟とは、中国公安部が世界中に設置した秘密警察の拠点のことである。少なくとも五十三ヶ国、百ヶ所以上存在するという。しかも、設置した国に無断ということで、近年世界中で問題視されている。そもそも他国内において在外公館以外に許可なく政府関連施設を設置することを禁じている〝外交関係に関するウィーン条約〟に反しているのだ。

「なるほどな」

　夏樹は小さく頷き、コーヒーを啜った。日本での〝海外派出所〟は秋葉原にあると聞く。警視庁の公安と違い、公安調査庁の第三部は盗聴やハッキングなどの非合法な手段で監視しているのだろう。

　昨年、防衛省と警察庁のハイブリッド捜査機関である特別強行捜査局の副局長である朝倉俊暉拉致事件が発生した。事件を主導した諜報機関に〝海外派出所〟が絡んでいたと報告されている。事件の解決に夏樹も奔走し、協力を要請したフランスを拠点としている傭兵特殊部隊が朝倉を救出した。

「私たちに緒方さんの情報があればと思っているわけね」

　麗奈は冷たい視線を二人に浴びせた。彼女は自分の任務を公安調査庁に邪魔されたくないのだろう。

「身勝手と承知でお願いします」

　石神と猪俣が、揃って頭を下げた。

「私の目的は、緒方の葬式と観光だ。何か気付いたら、連絡する」

　夏樹は素気なく答えた。

## 6

午後五時十分。

麗奈の運転するフォレスターは、角館市街を抜けて国道46号角館街道に入った。

日が暮れて午後四時半を過ぎると、雪雲で覆われた空は一挙に闇に飲み込まれた。

夏樹と麗奈は青柳家を出た後、展示開放されている武家屋敷の河原田家や小田野家を見て回り、当地の伝統工芸品である樺細工の店を訪れるなど観光に勤しんだ。日が暮れるまで足を使ったが、緒方が夏樹に残した芭蕉の句に繋がるものはなかった。もっとも気付かないだけで見過ごしている可能性もあるので、明日また見て回るつもりだ。

公安調査庁の石神と猪俣とは、青柳家を出たところで別れている。夏樹が「何か気付いたら、連絡する」と言ったからだが、一緒にいても現段階では情報は得られないと思ったのだろう。それに麗奈があからさまに嫌な顔をするため、居心地が悪かったようだ。彼らは市内の安いホテルに予約を入れたらしい。

角館街道を田沢湖方面に向かって五キロほど進んだところで右折し、田沢湖線の踏切を渡った。正面は暗闇に閉ざされた山である。麗奈は予約を入れた宿に向かっているのだ。

「ここから、目的地まではまだ六キロある。この先の山道は許可された車以外は通行止めになっているのよ」

麗奈は山道に入ってスピードを落とした。未舗装の道に入ったのだ。しかも車一台がやっと通れる幅である。彼女は非公開の情報機関の職員だが、一般公務員とは違う特別職国家公務員のため、どこにでも入れる許可証を持っているのだろう。

未舗装の割にはよく整備されているが、所々轍（わだち）やアイスバーンがある。しかも要所要所でヘアピンカーブがあった。標高はそれほどでもないが、険しい山のようだ。雪国の山道では除雪できるようにガードレールがない。スリップして脱輪すれば、谷に墜（お）ちるだろう。だが、一般車は通行止めになっているので、対向車もなく待避所を使うこともなさそうだ。

街灯もない山道は闇に埋もれているが、ヘッドライトで照らされた道や木々に積もった雪が光を拡散する。

十五分ほど山道を進むと、右下の谷に灯（あか）りが見えた。

やがて下り坂になり、雪を被（かぶ）った和風建築の建物が間接照明に浮かび上がった。

麗奈は建物前の駐車場に車を停めた。駐車している車はほとんどない。マイクロバスとワンボックスカーがあるが、宿が所有する送迎車なのだろう。一般の客は、宿が用意した車で送迎されるそうだ。

夏樹と麗奈は車を降りてバックパックを背負うと、〝夏瀬温泉（なつせおんせん） 都（みやこ）わすれ〟という看板がある白壁に沿って町屋のようなこぢんまりとした玄関を開けた。

「いらっしゃいませ。真木様」

作務衣（さむえ）のような和風テイストの制服を着た女性が笑顔で迎えてくれた。

「今晩は。またお世話になります」

麗奈も笑顔で答えた。この宿に泊まるのは初めてではないらしい。慣れた様子でシューズを脱ぎ、たたきに上がった。

「うーむ」

夏樹もシューズを脱いで麗奈に続き、口角を僅（わず）かに上げた。

ラウンジと思われる広い部屋にソファーがゆったりと配置され、フロントは突き当たりにある。また、その奥にも部屋があり、暖炉が置かれていた。外観とは違い、洋風建築の中に和を取り入れた洒落た内装である。

左手はガラス張りになっており、六十センチほど積もった中庭の雪野原が幻想的に見渡せた。

「お部屋にご案内します」

先ほどの女性スタッフが会釈をすると先を歩き、左手にある廊下を進む。チェックインの手続きはすでにしてあるらしい。

廊下の途中にある半地下の書斎を通り過ぎ、角を曲がった先で女性スタッフが立ち止まった。

「こちらのお部屋をご用意しました。あちらのドアが大浴場と大露天風呂（ろてんぶろ）になっております。お風呂は二十四時間使用できますので、いつでもご利用ください」

女性スタッフは夏樹と麗奈に頭を下げると、廊下を戻って行った。説明が簡単だったのは、間違いなく麗奈が常連客だからだろう。

部屋に入ると左手に大きなガラスの衝立（ついたて）があり、その向こうはクイーンサイズのベッドが並べられたベッドルームがある。右手に洗面所とトイレがあり、正面はソファーが置かれたリビングになっていた。リビングの大きなガラス窓から中庭を見渡せ、ウッドデッキに間接照明で照らし出された部屋付きの露天風呂が見える。湯煙で間接照明が淡く光り、雪が舞う絵になる風景が広がっていた。

「どう？」

ジャケットを脱いだ麗奈が、ソファーに座った。

「隠れ家的ないい宿だな」

夏樹は、盗聴盗撮発見器を作動させて曖昧（あいまい）に答えた。彼女は挑発しているようだ。十年前なら、彼女の誘いに乗っていただろう。だが、若い頃と違って性欲をコントロールする術（すべ）も知っている。それに夜は長いのだ。

左手奥は脱衣所になっており、脱衣所の隣りは中庭に通じるドアがあるシャワールームになっていた。ここで体を洗って露天風呂に入るようだ。一通り確認したが、盗聴盗撮器はなかった。どこでも必ず確認する。諜報活動では予想外という言葉は禁句だからだ。

「食事は六時半からだから、私は軽く温泉に入って着替えるけど」

麗奈は言葉を切り、リビングの左側のカーテンを半分だけ閉めた。自室の庭の露天風呂に入るためだろう。一緒に「どうか」という誘いらしい。

「私は、寝る前にゆっくり入る。資料の整理もしたいしね」

夏樹は素気なく答えた。武家屋敷などで配られているパンフレットを貰ってきたので、それを見返すつもりだ。麗奈の誘いに乗らないのは、二人とも裸になっては不用心だからである。

「そうね。それじゃ、お先に」

麗奈はつまらなそうな顔をして脱衣所に入り、ドアを閉めた。

「うん？」

夏樹はズボンの後ろポケットから振動するスマートフォンを出し、通話ボタンをタップした。夏樹は二つのスマートフォンを常時携帯している。

一つは日本の傭兵代理店から支給されたものだ。暗号通信ができ、傭兵代理店にサポート要請をすれば、軍事衛星からの情報を得られる〝TC2I〟と彼らが呼んでいる軍事コミュニケーションシステムを使うことができた。

もう一つは、中国の人民解放軍総参謀部・第二部第三処の局長である梁羽から渡されたスマートフォンである。

夏樹は第三処の諜報員である紅龍という身分を持っていた。梁羽が不正を働いた部下の紅龍を密かに処刑し、夏樹にすり替わるように指示をしたのだ。中国の諜報員になり切ることで、安全だけでなく総参謀部の情報網を利用している。

梁羽は人民解放軍の中枢で働いているが反体制派で、習近平が押し進める一帯一路の露骨な謀略を食い止めるために密かに動いていた。夏樹は紅龍の身分を生かして彼に協力することもしばしばあるのだ。

便宜的に傭兵代理店のスマートフォンをアルファ、総参謀部のスマートフォンをベータと自分で区別している。

「もしもし」

夏樹はベータの画面を見て誰だか分かっているので、名乗りはしない。もっとも二つのスマートフォンは限られた人物だけが連絡してくる。

——そちらの天気はどうかな？

梁羽である。呑気な挨拶に聞こえるが、そちらの状況はどうかと聞いているのだ。彼はスマートフォンの位置情報で、夏樹の現地の天気や時間も把握した上で尋ねている。

「雪が降っていますよ。ひとり酒と洒落込めませんが」

夏樹は中国語で答えた。他にも人がいると答えたのだ。

——雪が降っているのか。それは風情がある。ひとり酒なら『月夜』にするといい。

夏樹が一人でないと答えたので、梁羽は暗号文を送ることにしたらしい。『月夜』は、中国の詩人である杜甫の詩のことである。彼は杜甫や李白の詩を暗号表として使うことが多い。そのため、夏樹は彼らの歌は原文のまま誦じていた。

「今度、一緒に酒を酌み交わしましょう」

夏樹は話を合わせた。

——それはいい。三月二日あたりは、どうかな？

漢詩である『月夜』は、五言律詩という形式で、一句に五字、八句四十字になる詩形をしている。キーワードは、三句目の二字目を使えと言ってきたのだ。

「いいですね。楽しみにしています」

——それから、孫が書いた作文を見て欲しい。おまえさんに見せろとうるさいんだ。それじゃ、また会おう。

「いいですよ。お達者で」

通話を終えた夏樹は早速送られてきたテキストを見た。中国語で書かれており、内容は将来、宇宙飛行士になりたいと言うたわいもない子供が書いたような文章である。

これは、キーワードを入れなければ、複合化できない暗号文なのだ。

手にしているスマートフォンには暗号文を複合化、あるいはその逆もできる特殊なアプリが入っている。

夏樹はさきほどの文章をアプリに表示させると、杜甫の詩を暗誦した。

——今夜鄜州月　閨中只独看　遥憐小児女
杜甫が安史の乱で捕まって長安で軟禁された際に、愛しい妻を思って詠んだ詩である。

『憐』だな」

三句目まで暗誦し、抜き出した一文字をアプリに入力した。「憐」がキーワードになっていたのだ。

「何！」

複合化された文章を見た夏樹は、両眼を見開いた。「緒方が残した機密情報を発見し、処分せよ」と記されていたのだ。梁羽は夏樹が秋田入りし、その目的も理解した上で要請してきたらしい。彼は恩人ではあるが上司でもなく、互いにフリーの関係である。あくまでも要請ではあるが、機密情報を得たら日本にも中国にも渡すなということだ。

夏樹はアプリにある消去ボタンをタッチし、複合化した文章を消した。何もしなくても三十秒後には消去されるが、見た瞬間に記憶するので必要ないのだ。

「いい湯だった」

二十分後、露天風呂から上がってきた麗奈は、宿の浴衣（ゆかた）を着ていた。なんでもないただの浴衣だが、彼女が着ると妙に艶（なまめ）かしい。

「お腹が空（す）いたな。少し早いが、食堂に行かないか？」

夏樹は部屋のキーを手にして言った。時刻は午後五時五十七分である。

「食堂までは二分で行けるわ。それまで楽しめるんじゃない？」

麗奈が近寄り、両腕を夏樹の首に絡ませてきた。

「それも悪くない」

夏樹は抵抗することなく、麗奈に唇を寄せた。

# 謎の葬式

## 1

十二月二十一日。

翌朝、夏樹は自室の庭にある露天風呂(ろてんぶろ)に入っていた。

気温はマイナス十度、雲は多いが一部で青空も見える。

部屋付きの露天風呂なので一・二メートル四方ほどだが、掛け流しで泉質も良さそうだ。昨夜は暗くて分からなかったが、露天風呂から雪を被(かぶ)った山と湖面のように静かでゆっくりと流れる玉川を見ることができる。

大浴場や大露天風呂は、まだ入っていない。宿の客とはいえ他人と関わりたくないからだ。それになぜか台湾人と見られる客が数人いたので、警戒していた。彼らの中に中国本土から送り込まれた工作員も混じっている可能性も考えられる。

昨日は麗奈と気楽な気持ちで角館の武家屋敷を散策していた。緒方は殺害されたらしいが、だからと言って彼が中国や日本に影響を及ぼすような情報を持っていたとは思えない。情報は鮮度が大事である。引退して年月が経つ元諜報員が残した情報を躍起になって探す意味が分からなかった。

だが、昨夜、諜報員として一目を置く梁羽から連絡があり、緒方が残した情報は世の中から抹消しなければならないことが分かった。今日は心して掛かるつもりだが、それはこの宿を出てからの話である。

「さて」

十五分ほど湯に浸かった夏樹は、露天風呂を出てシャワールームで体を洗い流した。脱衣所で体の水気をタオルで拭き取ると、昨日と同じような服に着替える。宿に用意された浴衣でくつろげばいいのだが、長年身についたいつでも緊急事態に備える習性のためだ。

「おはよう。早いわね」

脱衣所から出ると、麗奈が入ってきた。時刻は午前六時四十分である。

「私も露天風呂に入るわ」

麗奈は夏樹に軽いキスをすると目の前で裸になり、シャワールームに入って行った。恋人ではないし、友人というわけでもない。だが、命を奪い合うような敵ではないことは確かである。その点では気が許せる関係と言えるだろう。

夏樹は部屋の鍵を閉めると、ラウンジに向かった。淹れたてのコーヒーが二十四時間飲めると聞いている。

ラウンジの片隅のテーブルにコーヒーカップとデロンギの全自動コーヒーマシンが置かれている。コーヒーカップをマシンにセットし、ボタンを押した。豆を挽く音が聞こえ、コーヒーが香る。同じようなマシンをフランスの自宅でも使っている。

自宅としているのは、パリの市内に二つ、郊外に二つある。どこもパニックルーム的に使っており、パリに滞在している際はほぼ毎日寝る場所を変えていた。生活をルーティン化しないことで、存在を消すのだ。諜報の世界で長生きするには、正体を知られないことである。

貿易商社〝ナヴィル・マーショ〟は表の顔として夏樹は隠れ蓑に使っているが、昨年、夏樹の活動をバックアップする組織を立ち上げた。

パリ市内にあるアパートメントの一室を購入し、十数年の付き合いがあるハッカーである森本則夫に仕事部屋兼住居として使わせていた。これまで彼に情報面でのバックアップをさせていたのだが、一人では限界が出てきたのだ。

昨年、FSB（ロシア連邦保安庁）の情報を盗み出した罪で逮捕監禁されていたFSB・IT課の元職員であるアンナ・イワノフを、夏樹はモスクワ郊外の監獄から救出して亡命させた。また、その過程で、森本とともに活躍したポーランド語で「悪魔の天国」を意味する「ニエボ・ディアベル」というハンドルネームを持つポーランド人ハッカーのユリア・トカルスカもパリに呼び寄せてある。

夏樹は森本の住んでいたアパートメントを丸ごと買い取って改修工事を行った。アンナとユリアにも一部屋ずつ与え、さらに三人が共同で使うサーバーやコンピュータルームも作っている。

アパートメント内部を大々的に改修し、三人にはCIAやMI6に引けを取らないシステムを要求したため、総額で億単位の金を使った。その甲斐あって、バックアップ体制はある程度、満足できるものになっている。

ちなみに彼らは、自分達が作り出したチーム名を〝デビル・マジック〟と名付けた。森本のハンドルネームのマジックドリルとユリアのニエボ・ディアベルを合成したそうだ。

コーヒーを淹れたカップを手に、夏樹はラウンジを抜けて奥のリビングのような広い部屋に入り、暖炉の近くにあるソファーに座った。宿泊客はラウンジもこの部屋も自由に使っていいそうだ。夜ならウィスキーグラス片手に暖炉の前で読書をするのもいいだろう。

「静かだ」

コーヒーを一口飲んだ夏樹は、思わず呟いた。

時間が早いからだが、ラウンジにもリビングにも誰もいない。食堂はこの部屋の隣りに入口がある。厨房は客席がある部屋のさらに奥にあるため、話し声はおろか些細な作業音さえ聞こえない。

圧倒的な静けさに夏樹は小さな安堵の溜息を吐いた。

中国による一帯一路の名の下の東南アジア各国での謀略、ロシアによるウクライナ侵攻と、両国は自己中心的な戦略で、世界中に暗い影を落としている。その影響で西側の諜報機関や梁羽から依頼を受け、夏樹は息つく暇もなく活動してきた。最後に朝穏やかな気分でコーヒーを飲んだのは、いつだったのかさえ覚えていない。

三十分ほどリビングでくつろいだ夏樹は、部屋に戻った。暖炉の炎を見つめていただけだったが、くつろいだ気分になっている。何も考えずに座っていただけだが、それで癒されたと思えることがすでに精神的に病んでいるのかもしれない。

「おかえり。早いけど、食堂に行く？」

麗奈は着替えて洗面所で髪をとかしていた。

夏樹は再び部屋を出て食堂に向かった。

若い男女が、ラウンジのガラスドアから出て中庭ではしゃいでいる。出入口近くに雪だるまがあり、一緒に記念撮影をしているのだ。

「……！」

夏樹は眉をぴくりとさせた。二人が台湾語で話をしているからだ。

「警戒しなくても大丈夫よ。この宿は台湾人に人気なの」

麗奈が夏樹の様子を見てさりげなく言った。

「台湾人に人気？　そういえば、書斎の本棚に台湾関係の本が何冊かあったな。何か理由があるのか？」

夏樹は歩きながら首を傾げた。

「十五年ほど前に、台湾の李登輝（りとうき）元総統が、この宿に宿泊されて大変気に入られたそうよ。記念に桜の苗を植樹されてサインも残されている。帰国後、李登輝さんは世話になった宿の女将（おかみ）や関係者をご自宅に招かれて感謝されたの。台湾でもそのことが話題になり、この宿の評判は今でも口コミで広がっているそうよ」

「そういう情報は昨日のうちに教えてくれ。いらない神経を使ったじゃないか」

夏樹は食堂に入り、女性スタッフの案内でテーブル席に着いた。どの席からも中庭が見渡せ、開放感がある。昨夜は雪を眺めながら、前菜からデザートまで洗練された見事なコース料理を食べた。この宿にはずれはないようだ。

「食事が来る前に今日のスケジュールを話しておくわね。九時から満願寺で葬儀が始まるけど、三十分前にお寺に入りたいから、ゆっくりはできないわよ。出席者は緒方さんの遠縁にあたる方が数人と、私とあなた。石神さんと猪俣さんは角館の歴史案内人組合の人たちの後でお焼香に来るみたい。基本的には家族葬の形をとるから、精進上げもしないって聞いているわ」

麗奈は早口で説明した。

「葬式は、どうでもいい。角館の街をもう一度見る必要はあるが、緒方の実家を先に見てみたい。どうなっている」

夏樹も早口で尋ねた。昨夜、パンフレットを見たり、インターネットで角館のことを改めて調べてみたりしたが、ピンとこないのだ。

「本気になってきたみたいね。あなたが優先順位を決めて。どんな要望にも応(こた)えるつもりよ」

麗奈がにやりとした。なんとなくしてやられた気がする。

「そうしてくれ」

夏樹は苦笑を浮かべて言った。

2

午前八時五分。仙北(せんぼく)市。

麗奈がハンドルを握るフォレスターは、未舗装の山道を下っていた。

山道は宿の奥にある夏瀬ダムに通じているので、定期的に除雪作業が行われるそうだ。それ以外の日は宿が自腹で除雪するため、通行できない日はないという。

山道を抜けて傾斜のない舗装道路に入り、田沢湖線の踏切を越えた。途端に辺りは濃い霧に包まれ、視界は五、六十メートルほどになる。今朝はかなり冷えたので、放射冷却で濃霧が発生したのだろう。

「ここからお寺まで十キロほどだけど、ちょっと時間が掛かるかもね」

麗奈はスピードを落とし、ヘッドライトを点灯させた。

「急ぐことはない」

夏樹は、助手席の窓の外を見つめながら言った。周囲は田園地帯になったが、濃霧で視界が遮られ、道路際の雪原が見えるだけだ。角館街道は国道ではあるが、片側一車線で中央分離帯もない。だが、結構交通量があるため、対向車と接触する危険性もあるだろう。

才津川（さいつがわ）を越えた次の交差点で右折した。道幅は狭くなり、除雪した雪が道路側に迫っている。だが、交通量が少ないため、国道よりも安全かもしれない。

「緒方の死体を確認したか？」

夏樹はバックミラーを見ながら尋ねた。今のところ、尾行はないようだ。とはいえ、バックミラーは雪道と濃霧が見えるだけである。

「写真で確認したけど、それで、充分よ」

麗奈は小さく頷いた。

「鑑識の写真か？　腕利き諜報員のくせに死体を自分の目で確認していないのか？」

夏樹は首を傾げた。緒方が死んだこと自体興味はなかった。だが、彼の残した物が本当に重要なら、緒方を殺害した犯人の拷問の方法にも表れるはずだ。その手口を確認したい。中国の工作員ならかなり手荒いやり方をするからだ。

「私は、警察官じゃない。それに検死解剖を終えた後で、県警の死体安置所に保管されていたの。死体確認の許可を得るのに身分を明かさなければいけない。私の立場も考えてよ」

できるはずがないと言いたいようだ。

「それじゃ、葬式前に死体を調べるか」

夏樹は溜息交じりに言った。

「その必要はないと思うわ」

麗奈は首を横に振ってみせた。

「どうして？」

夏樹は麗奈の横顔を見た。何かを隠しているようだ。

「死体は、黒焦げなの。拷問の痕と身元を隠すために犯人が死体を燃やしたと、警察では見ているわ」

麗奈は淡々と答えた。

「黒焦げの死体なのに、よく死体が緒方だと分かったな」

夏樹は肩を竦めた。

「遺留品と歯型よ。緒方さんが公安庁時代に通っていた新宿の歯医者さんの記録を県警が取り寄せたの」

麗奈はつまらなそうに言った。緒方に同情していると言っていたが、夏樹同様本当は彼の死に興味はないのだろう。

「ハッキングで改竄した可能性はないのか？」

夏樹が小さく首を振った。デビル・マジックのメンバーなら、歯型の記録を改竄することなど、誰でもできる。

「新宿の歯医者さんはアナログで、カルテとX線の写真が残されていたの。死体の記録を差し替えることなど、無理よ」

麗奈は鼻息を漏らした。

「そういうことか。だが、棺桶を確認する必要はあるだろうな」

夏樹は小さく頷いた。

「丸焦げの死体を見て、何が分かるの？」

麗奈はバックミラーを見たまま尋ねた。

「緒方の死に顔を見たいと思ったんだよ」

夏樹もバックミラーを見て答えた。背後から急速に迫ってくる車があるのだ。黒のベンツである。濃霧のため接近してくるまで気が付かなかった。

「悪趣味ね」

舌打ちをした麗奈はアクセルを踏んだ。

「私もそう思う」

夏樹はジャケットの内ポケットからグロック26を抜いた。東京に二ヶ所の隠れ家があり、そのうちの一つは以前住んでいた練馬の自宅である。今は友人のカルロス・バラハが管理しているが、その家の地下に武器を隠してあるのだ。

フィリピン人のカルロスは日本に来て七年になり、今では遜色なく日本語が話せる。彼の本名はファリード・スライマニーといい、イスラム武装組織アブサヤフの幹部であった。だが、彼の命を救ったことで夏樹に恩義を感じ、テロ組織から自ら脱退した。夏樹は彼を日本に密入国させて、新しい身分も与えている。

カルロスは武装組織にいただけに銃も爆弾も扱える。それにタガログ語、英語、日本語も自由に話せるため、夏樹はカルロスに日本の商売だけでなく諜報活動もさせていた。

「まったく」

麗奈は夏樹の銃を見て苦笑した。

「もっとスピードを出せないのか？」

夏樹は後ろを振り返って尋ねた。ベンツの運転席と助手席の男の顔がはっきり分かるほど迫っている。

「路面にアイスバーンがあるから無理」

麗奈はバックミラーを見て笑みを浮かべた。彼女は危険やルールを侵害することを好む反社会性パーソナリティ障害である。諜報員にありがちで、ある意味適した性格と言えよう。夏樹も自覚している。

ベンツが追突してきた。

「今度ぶつけてきたら、運転手を殺して」

麗奈は眉間に皺を寄せて言った。車好きなだけに、車体に傷を付けられることに腹を立てているようだ。

「それなら、尻を振ってくれ」

夏樹はシートベルトを外し、ウィンドウを下げた。麗奈は意図を察したはずだ。

ベンツが再び衝突してきた。

麗奈がハンドルを切る。フォレスターのヒップが右に振られた。

夏樹は体を回転させて右手を窓から出し、グロック26を二連射した。

二発ともベンツの左前輪に命中し、タイヤがバーストした。ベンツは派手にスピンすると、除雪した雪の壁に突っ込んだ。

「ずいぶんと優しくなったのね」

麗奈はわざとらしく首を傾げた。彼女は夏樹の冷酷さを知っている。だが、殺人を楽しんでいたわけではないし、無用な殺しもしたことはない。海外では死体を放っておけばいいが、殺人が珍しい日本では死体は面倒なだけだ。

「殺せと言われて、殺す馬鹿がいるか？」

肩を竦めた夏樹はグロックを仕舞った。

3

午前八時三十分。仙北市。

夏樹は、満願寺の本堂でお経を聞いていた。

満願寺は角館市街から九キロほど北に位置する西木町（にしきちょう）にある小さな寺で、緒方の実家である元温泉宿〝かたくり〟は、寺から二キロ北にある。田沢湖までは八キロと、距離的には角館との中間地点にあった。周囲は山深い場所で、秋田内陸線の八津（やつ）駅に近い。

住職に石神の名刺を見せて緒方の死体を調べたいと要請したところ、お経を上げて仏の許しを得てからだと言われてしまったのだ。

「私は外します。ご遺体はくれぐれも丁寧に扱ってください。ご遺族には、十分ほど本堂に入らないように言います。御仏の前ということをお忘れなく」

読経を終えた住職は緒方の棺桶に向かって手を合わせると、本堂から出ていった。検分することは仏を汚す行為と思っているのだろう。

二人はラテックスの手袋を嵌めた。緒方の死体は鑑識を終えているので手袋は必要ないが、直接触りたくないだけである。

「始めるわよ」

麗奈は棺桶に手を合わせると、横を向いて咳払いした。夏樹も手を合わせろと促しているのだ。麗奈は棺掛けを取って丁寧に畳み、棺桶の横に置いた。

「あいにく無神論者だ」

夏樹は棺桶の蓋を取り外し、本堂の柱に立てかけた。

「まあ、本当に黒焦げ」

死体を見た麗奈は口に手を当てた。仕草の割にさほど驚いていないようだ。

夏樹は緒方に掛けられている仏式の死装束である経帷子を剝ぎ取った。

「全身が満遍なく焼けているから確かに目視では本人だと確認できないな」

夏樹はペンシルライトを出して棺桶の中を照らした。経帷子を着せられなかったのは、死体が炭化しているためだろう。無理に着せれば、壊れてしまう。

「ガソリンを掛けられて燃やされたと検死解剖で分かっている。その通りのようだけど、皮膚が満遍なく焼けているから指紋も取れない。生きているうちに燃やされたのね。胸部に銃創があるけど、致命傷ではないらしいわ」

麗奈は緒方の左手を摑んでひっくり返した。死体が音を立てた。どこか折れたに違いない。炭化した死体は脆いのだ。

「だから、歯型で確認したんだろう」

夏樹は死体の顎を開け、口内を覗いた。意外と口の中は綺麗に残っている。体を燃やされる際に緒方は口を閉じていたのだろう。それに寒かったために腐敗が進行していないようだ。ポケットからスマートフォンを出し、クリップ式のマクロレンズを装着した。レンズの脇にLEDライトが付けられている優れものである。

「私が口を開けるから、口内を撮影してくれないか」

夏樹は麗奈に自分のスマートフォンを渡した。

「まさかとは思うけど、この死体のことを疑っているの？」

「火葬されたら二度とお目にかかれなくなる。単純な確認だよ」

夏樹は死体の口をゆっくりと開けたが、顎が音を立てた。八センチほど広げたが、これ以上開けると外れて取れてしまうだろう。

「……そうね。ところで、さっき襲ってきた連中だけど、何者だと思う？」

麗奈は口をへの字にまげながらも、死体の口内の撮影をし始めた。

「中国か北朝鮮の工作員だろう。我々を本気で殺そうとしたわけじゃなさそうだ。君が日本の諜報員と分かった上で、手を引けと警告したかったのかもな」

夏樹は死体の顎を押さえながら答えた。無理に開けているので手を離せば元に戻ってしまうのだ。

「顔が売れてしまったようね。あなたみたいに特殊メイクするべきかな」

麗奈は撮影の手を止めて言った。

「女性は七変化というじゃないか。化粧だけで別人になれる。特殊メイクは必要ないだろう」

夏樹は軽い調子で言った。実際、麗奈のメイキャップは特殊メイクに匹敵するほど上手いのだ。

「終了。ついでに全身の撮影もしておくわね」

麗奈は口内だけでなく、全身の隅々まで丹念に撮影した。

「ありがとう」

夏樹は麗奈から撮影を終えたスマートフォンを返して貰うと、今度は綿棒とプラスチックのキャップ付き試験管を出した。

「DNA検査もするつもり？」

麗奈は腕組みをして眉を顰めた。

「念には念を入れろだ。解析はそっちでやってくれ」

夏樹は綿棒で口の中を擦った。かなり乾いているので、口内の皮膚組織をこそぐように拭って綿棒ごと試験管に入れてキャップを閉めた。

「もういいでしょう？」

溜息を吐いた麗奈は、経帷子を死体に被せた。

「ああ」

夏樹は素直に棺桶の蓋を元に戻した。

二人は本堂を出ると、庫裡に行って住職に確認作業を終えたことを告げた。時刻は午前八時五十五分になっている。

「それでは、私は本堂に上がります」

石油ストーブの近くに座っていた住職はゆっくりと立ち上がり、庫裡から出て行った。

「私たちも急いで喪服に着替えましょう」

麗奈はダウンジャケットを脱いだ。彼女の着替えを入れたバックパックは庫裡の片隅に置いてあった。

「着替えるつもりはない」

夏樹は石油ストーブに当たりながら言った。本堂にも石油ストーブはあったが、広いため暖かくなかったのだ。

「まさか、そのジャケットのまま葬式に出るつもり？」

麗奈は肩を竦めて見せた。

「葬式は出ない。さっき、緒方に手を合わせただろう。それで充分じゃないか」

夏樹は石油ストーブで手を炙りながら答えた。

「手を合わせたのは私よ。人でなしね」

麗奈は額に手を当てて貶した。

「今頃分かったのか？」

夏樹は口角を僅かに上げた。

「秋田に来たのは、葬式に出るためだったんでしょう？」

麗奈は俯いて首を振った。葬式に出るつもりだったらしいが、ポーズに過ぎない。

「人でなし」はお互い様なのだ。

「誰が、そんなことを言った？　君こそ、それを出汁に使ったくせに。出るぞ」

夏樹は体が温まったので、庫裡を出た。

「待ってよ。どこに行くつもり？」

麗奈は慌てて庫裡から出てきた。

「緒方の実家だ。ここから近いんだろう？」

夏樹は玄関で靴を履きながら答えた。

4

満願寺を出たフォレスターは、国道105号阿仁(あに)街道を北に向かっている。

田畑の雪原を抜けたところで麗奈はスピードを落とした。左手に桧木内川が見える。

「そろそろね」

目を凝らしていた夏樹は、左前方を指差した。農家とは明らかに違う大屋根の建物が見える。寺でなければ、旅館だろう。緒方の実家である温泉宿〝かたくり〟は、随分前に廃業しているので、看板もないと聞いている。名前の由来は、この地域が〝かたくり〟の名産地だからだろう。

「あれだろう」

「そうみたい」

麗奈は六十メートルほど進んで左折した。

雪が踏み固められた細い道を二十メートルほど進み、玄関を通り越して国道から見えないように建物の裏側に車を停めた。旅館の裏側は駐車場になっているらしいが、裏口から三メートル先は五、六十センチほどの雪原になっている。警察は旅館の周囲など必要最低限の除雪をしたのだろう。

「緒方さんの死体はここから三十メートル西の桧木内川のほとりで発見されたらしいわ。川の近くにある畑に来た近所の農家の人が見つけたそうよ。草むらにうつ伏せに倒れていたから発見が遅れたみたいね。発見場所には、争った跡も燃えた痕跡(こんせき)もなかったそうよ」

車を降りた麗奈は川を指差して言った。

周囲は一面の雪景色である。夏は山と川が見える自然の風景が望めるだろう。だが、その他にとりわけ特徴がある場所でも眺めが絶景というわけでもない。田沢湖と角館のどちらにも行けるというだけで何もない所である。

まともに商売していたとしても、儲(もう)かっていたとは思えない。緒方の両親は十数年前に亡くなっているが、それ以前に廃業していたらしい。

「やはりな」

夏樹は裏口の引き戸を確認して小さく頷(うなず)いた。引き戸の錠は壊されているのだ。

ポケットからペンライトを出して引き戸を開け、中に入った。建物の周囲の新たに降った雪は踏み荒らされていないので宿は無人のはずだ。銃を出す必要はないだろうが、警戒は怠らない。夏樹と麗奈は土足のまま上がった。

裏口から上がると厨房（ちゅうぼう）になっている。二十平米ほどあり、電子レンジとコンロは使っていたようだが、その他の業務用の厨房機器は埃（ほこり）が積もっていた。

「緒方さんの死体を発見してから県警がこの建物を調べている。その時、死体のポケットにあった鍵で玄関を開けて入っていると調書には記録されているの。裏口の錠を壊したのは、警察ではないはずよ」

麗奈もライトで周囲を照らしながら言った。県警があえて発見した鍵を使用したのは、死体が緒方か確認する意味もあったのだろう。

「そうだろうな」

夏樹は厨房を出て隣りの部屋を覗（のぞ）いた。十畳ほどの和室にベッドと机と本棚が置かれているのだが、かなり荒らされている。緒方が使っていた部屋なのだろう。

「敵は家宅捜索したようね。県警も公安庁もこんな手荒な真似はしないわ。調書には書いてなかったから警察の捜査が終わってから犯人は家捜ししたのね」

部屋に入った麗奈は、足元に散らばっている本や書類を跨（また）ぎながら首を振った。

「この部屋は徹底的に調べたようだな。何も出てこなかったのだろう」

夏樹は出入口に立ったままライトで部屋中を照らした。天井や壁紙まで剝（は）がされているのだ。目当ての物が見つからないので、ヤケになったのかもしれない。

「そのようね」

麗奈は溜息を吐きながら頷いた。

「そもそも、緒方なら自分の部屋に重要な物は置かないはずだ」

夏樹は確信があった。

「犯人には見つけられない場所にあるかもしれないわよ」

麗奈は机の下を覗き込んだ。

「緒方が引用した芭蕉の句を思い出せ」

夏樹は麗奈に部屋から出るように手招きした。嵐が去ったような部屋にいつまでもいても無駄なことだ。

「芭蕉の句？　『世の人の見付けぬ花や軒の栗』」

麗奈は句を口ずさんだ。

「あの男は内調上がりで、経験豊かな諜報員(ちょうほういん)とは言えない。この句は単純に目立たないところを探せという意味なのだろう。深読みしない方がいい」

夏樹は冷たい表情で言った。

「深読みしないとして、句を引用するなら『目立たない』は合っているけど、『花の香りは強烈』ということは無視していいの？」

麗奈は首を傾げて尋ねた。

「それじゃ、『目立たなくて香りが強烈』をキーワードに探せばいい」

部屋から出た夏樹は玄関を通り過ぎて、国道側にある食堂に入った。食堂の北側にあるカウンターで厨房と繋がっている。緒方の部屋は昔風に言えば、帳場だったのだろう。両親は東側にある離れに住んでいたらしい。一人で住むのなら離れの方が良さそうだが、緒方は母家に住んでいた。母家の十畳間の方が使い勝手が良かったに違いない。

二人は二階も確認した。一階の部屋を荒らした連中は、使われていない部屋を探すのは意味がないと思ったのだろう。二階は階段にも廊下にも埃が積もっていた。埃の様子から判断して数ヶ月は誰も階段を使っていないようだ。

また、全体的に湿気臭く、カビ臭い部屋もあった。警察の調書には旅館内に争った跡はないと記載されていたそうだ。彼らは積もった埃を見て、二階を詳しく調べることはなかったのだろう。

だが、夏樹と麗奈は各部屋と廊下などを調べ、旅館内部を隈無くスマートフォンで撮影した。夏樹はベータのスマートフォンを使用している。傭兵代理店から支給されたアルファのスマートフォンは、軍事的な機能に特化しているが、ベータは諜報活動に特化していた。特にカメラは撮影した対象物の距離を自動測定し、歪みを修正する機能がある。撮影した書類や写真を実寸で複製するためのものだ。対象物のサイズも測定されるので偽造書類を作成する上で必要になる。

「念のため、離れも確認するか」

夏樹は裏口の横に置いてあるスコップを手に建物から出た。離れは母家から五メートルほど東にあり、雑木林に溶け込んでいた。離れの玄関まで雪掻きをした跡があるが、新たな雪が積もっている。警察も調べたに違いない。

「風流な佇まいね。警察も調べたけど、少なくとも事件現場でないことは確からしいわ。目立たないから、ひょっとして、ここに隠してあるんじゃない？」

麗奈はスマートフォンで写真を撮りながら軽い調子で言った。離れは十坪ほどで、玄関前にも雪が積もっている。

夏樹は離れまで雪に足をくるぶしまで埋もれさせながら歩いた。玄関前は雪の吹き溜まりになっている。引き戸の前の雪をスコップで掻き分けると、枯れかけた雑草が現れた。離れは使われていなかったようだ。

「ここに隠してあると思うか？　可能性は否定できないがな」

夏樹は玄関の引き戸を開けた。

空気が澱んでいる。窓が板で塞がれているので、換気されていないのだろう。ペンライトで床を照らすと、埃は積もっているが、母家ほどではない。

ここも土足で上がる。部屋は泥で汚れるが、靴を脱いで何かあった時に対処できない。それにトレッキングシューズは靴紐を結ぶ必要があるので面倒なのだ。

短い廊下があり、襖を開けると床の間がある十二畳間になっていた。押入れとトイレと洗面所、南向きの広縁、それに岩風呂もあるが、キッチンはない。造りはいいので、元は客間だったに違いない。キッチンがないため、緒方は母家に住んでいたようだ。

夏樹と麗奈はスマートフォンで室内を撮影した。

「この日本画は華がないわね。というか下手くそ」

麗奈は床の間の掛け軸を見て笑った。水墨画が表装されている。

「落款は〝辛太郎〟となっているぞ」

夏樹は掛け軸に近寄ってライトを当てた。水墨画は緒方が描いたものだ。

「ひょっとして、水墨画に描かれている枯れ枝みたいなのは、栗の花じゃないの?」

麗奈は声を上げた。

「そのようだ」

夏樹は掛け軸を外した。

## 5

午前十時四十分。

夏樹は離れの広縁に座り、雪を被った竹林を見つめていた。

雲の隙間から青空が覗き、広縁に日が射している。外気はマイナス六度、吐く息は白いが、広縁に差し込む日差しが暖かい。

広縁は三畳ほどの広さがあり、二脚の椅子とテーブルが置かれていた。作業をするために椅子とテーブルは畳部屋に移動させてある。広縁は二重サッシになっており、畳の間の障子を閉めると、室内の温度は上がって快適になった。

「私ばかりに任せないで」

傍の麗奈が文句を言った。広縁に拡げた掛け軸の水墨画をスマートフォンのルーペモードで調べているのだ。一時間近く調べており、夏樹は五分ほど見ただけで日向ぼっこを決め込んでいる。掛け軸には仕掛けはなかった。水墨画に使われている紙にチップが埋められている様子もない。調べても意味はなさそうなのだ。

「その掛け軸はデコイ（囮）だろう。緒方はその下手くそな落書きで我々だけじゃなく、中朝の諜報機関も揶揄っているのだ」

夏樹は竹林を見つめたまま答えた。そもそも緒方が重要な極秘情報を隠し持っているという情報は、彼自身が流した可能性があると思っている。刑期を終えて実家に戻り、質素な生活をせざるを得ないことに不満を持っていたのだろう。

注目を集めるために偽情報を流し、それが元で拷問を受けたのかもしれない。ありもしない情報を自白することはできずに緒方は殺されたのだろう。

「それじゃ、緒方さんは私たちを嘲笑(あざわら)うために、あなたに芭蕉の句を送り、下手くそな絵を騒動の囮として残したというの？」

麗奈は大きな溜息(ためいき)を吐いた。

「あの男は執念深い。私が刑務所送りにしたことで仕返しをしているんだ」

夏樹は抑揚のない声で答えた。

「そうかもしれないけど、死んでしまったら、私たちを嘲笑うこともできない。それでも意味があるの？」

麗奈は首を左右に振った。

「粘着質の緒方ならありうる。その水墨画は手の込んだ駄洒落(だじゃれ)だろう」

夏樹は立ち上がると、スマートフォンで水墨画を撮影した。

「あなたは、緒方さんが何も残していないというの？」

麗奈も肩を竦(すく)めた。

「少なくともボロ旅館は残した」

夏樹は障子を開けて畳の間に入り、押入れの上段に積んである桐の箱の一つと麻紐を取り出した。箱は五つあり、そのうちの一つが空箱であることは確認してある。他の四つには、四季それぞれを表す水墨画の掛け軸が収められていた。それほど高価とは思えないが、ちゃんとした絵師が描いたものだ。客間として使っていた時に季節によって床の間の掛け軸を変えていたのだろう。

「この掛け軸は持ち帰って科学的に解析するわ。水墨画を掛け軸から剝がせば、何か出てくるかもしれないわよ」

麗奈は掛け軸を巻きながら立ち上がった。

「緒方はそこまで知恵が回ると思うか？」

夏樹は空の桐の箱を麗奈に差し出した。

「あなたは緒方さんを見くびっているわ。善人ではなかったけど、頭は切れたのよ」

麗奈は掛け軸を桐の箱に収めて蓋をし、麻紐で縛り付けた。

「適正に判断している。だから、やつの嘘を見抜くことができた」

夏樹は自信を持って言った。

「とりあえず引き上げましょう。お腹が空いたわ」

麗奈は桐の箱を小脇に抱えて笑った。彼女はスタイル抜群だが、ダイエットを気にすることなく人一倍よく食べる。

二人は離れを出ると、母家に向かって歩いた。

フォレスターの陰からバラクラバを被った四人の男が現れ、銃を向けてきた。

「離れに戻れ」

夏樹は咄嗟にグロックを抜き、左端の男の右肩を撃った。

麗奈は雪に足を取られて躓き、桐の箱を落とした。

「放っておけ。走れ」

夏樹は桐の箱を拾おうとする麗奈の背中を押した。

男たちが銃撃してきた。距離は二十メートル弱。銃弾は頭上を抜けた。足元が悪いためか、射撃訓練不足なのだろう。おかげで助かった。

「早く！」

麗奈が離れの玄関を開けて駆け込んだ。

夏樹は振り向きながら反撃し、別の男の足を撃ち抜くと玄関に転がった。

「まずい。奥に行け」

夏樹は麗奈の腕を摑むと、畳部屋に上がった。

無数の銃弾が襲ってきた。母家の陰から五人目の男がＭＰ７サブマシンガンを持って現れたのだ。

麗奈は洗面所に隠れている。目が合うと親指を立てて笑って見せた。傍観を決めているらしい。国防局は基本的に海外で活動するので、国内で武器は携帯しないようだ。

「やはりな」

夏樹は銃を下ろし、離れから出た。男たちは桐の箱を回収すると、立ち去ったのだ。二台の車が旅館から遠ざかって行く。雪が積もっているが車を隠すほどではない。一台は黒のベンツSクラス、もう一台はBMWのX2、あるいはX4だろう。

「やられたわね」

洗面所から出てきた麗奈が、玄関から外を覗いて舌打ちをした。車のエンジン音が聞こえたので、玄関先にでも車を置いていたのだろう。夏樹に撃たれた男たちの血痕が雪の上に残されている。

「下手くそな絵を解析する手間が省けたな」

夏樹はふっと息を漏らして笑った。

# 新たな殺人

## 1

十二月二十一日、午後零時五十分。

夏樹は、角館にある三つ星の〝田町武家屋敷ホテル〟のレストランから中庭の雪景色を見つめていた。雪景色というのは飽きることがない。

緒方の実家である元旅館で五人組の武装犯に襲撃され、掛け軸を奪われた。麗奈はショックを隠せず、その後の活動は切り上げて予約してあったホテルにチェックインしたのだ。とはいえ、その前に武家屋敷通りの食堂でしっかりと昼ごはんを食べた。

麗奈は歩いて数分の〝かくのだて温泉〟に一人で行っている。すっかりやる気を無くしたらしい。夏樹も行くつもりだったが、公安調査庁の石神から連絡があり、ホテルで打ち合わせをすることになったのだ。

麗奈は銃で襲撃を受けたために現場検証を公安調査庁に要請している。直接警察に通報できないからだ。だが、公安調査庁としては緒方の捜査は極秘のため、県警の鑑識は使わずに警備部の第一課に現場検証をさせているらしい。

角館の田町にあるホテルは、文字通り武家屋敷の外観を持った落ち着いた佇まいをしている。麗奈は昨日と同じ旅館にしたかったらしいのだが、交通の便を考えてやむなく街中のホテルにしたのだ。二度も襲撃され、観光気分も失せたというのが本当のところだろう。

「お待たせしました」

石神がレストランに入ってきた。今日は一人のようだ。

夏樹は顎を引いて石神に前の席に座るように合図した。

「お時間をいただき、ありがとうございます」

丁寧に頭を下げた石神は、椅子に腰を下ろした。

「何の用だ？」

夏樹は庭を見つめながら尋ねた。

「銃で襲撃されたそうですね。詳しく教えて欲しいのです。真木さんから、教えられたのは場所と時間だけなんです」

石神は不服そうな顔である。部下は現場検証に駆り出されているのだろう。

「私に聞くのは筋違いというものだ」

夏樹は石神を鋭い視線で見た。麗奈は温泉に出かける前に石神の相手をするように頼んできた。夏樹は電話番号を教えていないからだ。

「重々承知の上、お願いしています。銃撃戦で真木さんは隠れていたために犯人をよく見ていないそうです。そのため、あなたから聞いて欲しいと言われたのです。申し訳ございません」

石神は上目遣いで言葉遣いは馬鹿丁寧だ。得体の知れない夏樹が苦手なのだろう。

「バラクラバを被っていたが、武器を充分に持っていた。中国の工作員だ。顔を隠していたのは、身元がすぐバレるからだ」

夏樹は、日本に在駐している大半の工作員の顔は知っている。人民解放軍総参謀部のサーバーをハッキングし、日本に常駐している工作員の情報を得ていた。ただし、民間人として活動している工作員は、階級も低く顔を見ても分からない場合が多い。

だが、中国大使館付きの工作員なら、すぐ面が割れる。五人を指揮していた一人が、大使館職員として勤務している工作員に違いないと思っていた。一人だけバラクラバを被るのはおかしいので、全員が着用していたのだろう。

また、最初に車で襲撃してきたのは、北朝鮮の工作員だろう。ぶつけてきた車は確かにベンツだったが、年式がかなり古いSクラスだった。今時の中国の工作員なら新車かそれに近い車に乗る。あるいは雪国なのでSUVだろう。

「現場を検証すれば、二人分の血痕が見つかる。病院には行けないから、負傷した二人は新幹線で東京に戻っている。怪しまれるので秋田県内の駅は使わなかったようだ。十三時十七分盛岡駅発東京行きはやぶさ54号に乗り込んでいる。東京に行けば、いくらでも治療ができるからな」

夏樹は淡々と言った。盛岡駅に行くと確信があったので、チーム・デビル・マジックに調べさせたのだ。

「えっ！　乗った電車まで分かっているんですか？」

石神は慌ててメモ帳に書いている。

「負傷したのは、中央統戦部に所属する二人の工作員だ。身元はそっちで確認しろ」

夏樹はスマートフォンで二人の顔写真を表示させた。

盛岡駅構内の監視カメラの映像を森本らがハッキングして撮影したのだ。夏樹は二人とも車椅子に乗っているはずだと、伝えていたのですぐに分かったらしい。二人は中国共産党中央統一戦線工作部の第一局である党工作局の工作員で名前まで分かっているが、そこまでサービスするつもりはない。

また、彼らに仲間が一人付き添っていた。病院に行くために急いでいるのか、三人とも手ぶらで乗車したことは森本が確認している。盗まれた掛け軸は、盛岡に残っている仲間がまだ持っている可能性があるということだ。

「写真をいただけるとありがたいのですが」

石神が両手を合わせている。

「只で情報を得るつもりか？　公安庁は相変わらず厚かましいな」

夏樹はデータを転送しながら首を振った。夏樹の父親は、プラントの技術者として中国で働いていた。だが、スパイ容疑を掛けられ、母共々惨殺された。実際、公安調査庁から撮影の依頼を受けており、中国の諜報機関から見せしめとして殺されたのだ。

「申し訳ございません。その代わりと言ってはなんですが、公安庁では影山さんの身元の保証と安全をお約束します」

石神は申し訳なさそうに言った。身元の保証というのは、夏樹の銃の携帯、及び使用を黙認するということなのだろう。

「ＣＩＡならこの情報だけで五万ドルは払うぞ」

夏樹はトーンを変えずにちらりと石神を見た。五人のリーダーは中国大使館所属の武官補佐である范真毅ということも分かっている。もちろん教えるつもりはない。

チーム・デビル・マジックは、盛岡駅と周辺の監視カメラの映像を中国大使館関係者のデータを使って顔認証をしたのだ。

「気を悪くしないでください。これぱかりは私の一存ではどうにもなりませんので」

石神は頭を下げた。

「以上だ」

夏樹は体の向きを庭に向けた。

「ありがとうございました」

石神は立ち上がって頭を下げるとレストランを出て行った。

中庭に粉雪が散らついている。

空は曇っているが、雪雲がひしめいているようには見えない。屋根に積もった雪が、風に吹かれたようだ。

ベータのスマートフォンが振動した。

夏樹は着信したメールを見ると、席を立った。

2

午後一時四十分。

夏樹はフォレスターのハンドルを握り、国道３４１号を北に向かっている。

天気予報では、今日から強烈な寒波が到来すると言っていたが、午前中は晴れ間が見えることもあり、予報が外れたかと思えた。

だが、午後二時を過ぎるとにわかに雪雲が低く垂れこめ、雪が降ってきた。とはいえ、ワイパーは間欠作動のＩＮＴモードで充分である。

ホテルのレストランで石神と打ち合わせをした直後に、梁羽から暗号メールが届いた。複合すると、「佐竹公が入りし白湯。雪見も一興なり。十五時までに来たれ」という簡単なメッセージであった。

八幡平の南にある乳頭山麓には、乳頭温泉郷七湯と呼ばれる温泉がある。その中でマタギの勘助が、鶴が温泉で傷を癒しているのを目撃して名付けられたという〝鶴の湯〟と呼ばれる温泉があった。

藩主である佐竹公が入湯したという名湯で、江戸時代と変わらぬ素朴な姿を残しており、二、三ヶ月先まで予約が取れないという人気ぶりだ。

山奥の秘湯に呼びつけたのは、梁羽の部下が待っており、そこで打ち合わせをしろということなのだろう。第二部第三処は極秘の任務を受ける部署なので、所属する諜報員も互いに顔を知らない者が多い。人員も二百人あるいは三百人とも言われ、実態を知っているのは梁羽だけである。

玉川に沿って北上してきたが、田沢湖入口交差点で右折し、県道127号駒ヶ岳線に入り、長い上り坂になった。ちなみに左折すれば、田沢湖に出る。

麗奈には夜までには戻ると言って車を借りてきた。知人から一週間借りているそうだ。ベンツにぶつけられてリアバンパーとバックドアが凹んでいるが、走りに支障はない。敵に知られているために車を変えたかったが、「十五時まで」というので仕方がなく乗っている。

水沢温泉郷を抜けて坂道を下って岩井沢を渡ると県道194号西山生保内線になり、再び上り坂になった。ここまでかなり飛ばしてきた。足回りがいい車なので、なんとか耐えてきたという感じである。

〝乳頭温泉郷　2㎞〟という看板を過ぎる。田沢湖高原温泉郷に入り、フロントウィンドウにぶつかる雪が軽くなった。標高が高いので気温が低くなったのだ。メーターが示す外気温はマイナス五度になっていた。ワイパーは低速のLoで充分だろう。道路がよく整備されており、除雪もされているので問題ない。

田沢湖高原温泉郷を過ぎると建物は一切なくなり、ひたすら雪山を分け入ることになった。除雪された雪は道路の両側にうずたかく積まれ、道路幅を狭くしている。

しばらく走ると、〝秘湯　鶴の湯〟という丸太を組んだ案内看板があった。

「おいおい」

夏樹はハンドルを左に切りながら舌打ちをした。案内板の下に〝入浴　10：00～15：00〟という札がぶら下がっているのだ。日帰りの入浴時間のことだろう。時刻は午後二時十分になっている。ここからは三キロほどだが、入浴する時間がなくなってしまう。

今回は任務というよりも休暇と思って行動している。緒方が死のうが彼の持っていた極秘情報が今さら漏洩（ろうえい）しようが知ったことではない。乳頭温泉は秘湯というだけに気になっていたのだ。打ち合わせの相手はすでにお湯に浸（つ）かっていることだろう。ここまで来て、お湯に浸かれなかったら、なんとも間抜けな話である。

道は車が一台通り抜けられるだけの道幅になった。交差点近くの空き地に除雪用のブルドーザーが置かれている。温泉郷が所有しているのかもしれない。田舎道だが、よく除雪されている。だが、時折、ヘアピンカーブもある山道で要所要所にアイスバーンもあった。秘湯というだけあって、難所を越える必要があるようだ。

先達川（せんだつがわ）の橋を渡ると、車を停めた。〝鶴の湯　別館山の宿〟という看板がある三叉（さんさ）路（ろ）に出たのだ。別館は右折である。

暗号では「佐竹公が入りし白湯。雪見も一興」となっていた。別館は新しいはずだ。夏樹はアクセルを踏んで車を進める。

一キロほど進むと、いきなり雪道になった。除雪されているので、未舗装の道なのだろう。雪に埋もれた林道はやがて下り坂になった。アイスバーンに雪が積もり始めている。目視できれば対処できるが、雪に埋もれたアイスバーンは危険だ。カーブは慎重に走ってもヒップが横滑りするのが分かる。道が狭いため除雪した雪にフェンダーを引っ掛ければ、スピンするだろう。

林道が開けた。

雪が積もった車が何台も駐車しており、正面に山小屋が見える。どうやら終点の〝鶴の湯〟に到着したらしい。佐竹公は随分と山奥まで湯治に来たものだ。さぞかし温泉好きの好事家だったのだろう。

「いいねえ」

駐車場に車を停めて車から降りると、強烈な温泉の匂いがする。打ち合わせをしに来たという気がまったくしない。

まずは事務所で日帰り入浴の料金を支払うのが先決である。木製の門を潜って小走りに進む。

左手に長屋のような宿泊施設があり、〝本陣一〟、〝本陣二〟と記された畳敷の部屋が並ぶ建物がある。右手は、二号館、三号館と呼ばれる二階建ての施設があった。五十メートルほど先にある小屋が男女別の内湯になっており、白湯の露天風呂は右手奥にあるようだ。

また、左手奥には新本陣、東本陣、二階建ての一号館という宿泊施設もあった。昨日の夜に乳頭温泉に関する情報も頭に入れてあるのだ。

鶴の湯には効能と泉質が異なる〝白湯〟、〝黒湯〟、〝滝の湯〟、〝中の湯〟の四つの源泉があり、十二ヶ所の浴槽があるそうだ。

三十メートルほど進み、左手にある引き戸を開けると、事務所の受付があった。さっそく入浴料を支払ってタオルも買い、湯の沢と呼ばれる小川に架かる橋を渡る。沢伝いに右手に進めば露天風呂の竹垣の目隠しがあった。その先に脱衣所がある中の湯に入る。

メッセージに「雪見も一興」と書いてあったので、露天風呂が待ち合わせ場所なのだろう。お互い裸なら武器を気にすることもないということか。中国の諜報員（ちょうほういん）にはそれぞれの部署で決められた合言葉があるので、それで互いを確認するに違いない。

中の湯の土間にコインロッカーがある。アルファのスマートフォンとグロックは、さすがに車に置いてきた。腕時計とベータのスマートフォンは風呂に持ち込むことにした。

脱衣所は昔ながらの木製の棚と籠（かご）が置かれているが、暖房器具がないため服を脱ぐ前から寒さが身に沁（し）みる。車を降りる直前に外気はマイナス六度とメーターに表示されていた。

「寒い！」

裸になった夏樹はスマートフォンとタオルを手に引き戸を開け、黒湯の内湯がある部屋に入る。洗い場にある固形石鹸（せっけん）で体を洗い、まずは黒湯で体を温めた。時間がないため、二分ほどで出て露天風呂に通じるドアから外に出る。

石畳の向こうに露天の岩風呂があった。雪はさほどではないが、湯気で視界が悪い。

湯船は広く、人の気配がない。事務所の近くで湯治客を四、五人見たが、さすがにマイナス六度の雪降る天候では露天風呂に入る酔狂もいないようだ。

夏樹は露天風呂に足を踏み入れる。浴槽の底に砂利が敷き詰められていた。湧き湯が、直接体に当たらないようにするためだろう。寒いせいかぬるく感じられる。

「遅いぞ」

湯気の向こうから聞き覚えのある声がした。

「……！」

眉を吊り上げた夏樹は、露天風呂の奥へと進んだ。

## 3

露天風呂の中ほどで立ち止まった夏樹は、周囲を見回して警戒した。

裸というシチュエーションは、なんとも締まらない。敵が素手なら対処できるが、飛び道具を持っていたら終わりである。

「何をしている。さっさとこっちに来て、湯に浸かれ」

一番奥の岩壁に白髪頭の老人が頭にタオルを載せて湯に浸かっていた。湯気で顔はよく見えないが、梁羽に間違いない。局長は海外に出ることは滅多にないので、少々驚かされた。

「いつ日本に来たのですか？」

夏樹は近くの岩の上にタオルとスマートフォンを置くと、梁羽の隣りに座った。岩風呂の入口である反対側と違って湯の温度が高い。足元の砂利から熱い湯が湧き出ているのが分かる。ちょうどいい湯加減である。

「昨日から泊まっておる。ここの湯はいい。古傷に効く」

梁羽は、タオルに積もった雪を払ってまた頭に載せた。いつもは夏樹と同様に特殊メイクをしている。だが、今日はどちらかというと素顔に近い。

「護衛はどうしたのですか？」

夏樹は湯船から周囲を窺っているのだが、それらしき人物が見えないのだ。

梁羽は第二部第三処の局長という肩書きだけでなく、共産党幹部の地位も持っていた。だが、それが仇となり、粛清されかけたので党の委員は辞職している。以前は闇将軍と噂されるほど軍では力を持っていたが、今はあえて表に出ないようにしているのだ。

「二人連れているが、おまえさんが来るから露天風呂に近寄らないように命じた」

梁羽は低い声で笑った。

「不用心ですね」

夏樹は小さく笑った。梁羽は八卦掌(はっけしょう)の達人で、夏樹が本気を出しても敵(かな)わないかもしれないほど強いのだ。彼なら敵が一度に十数人襲ってきても撃退できる。それを知っているので護衛も命令に従っているのだろう。

「二度ほど襲われたらしいな」

梁羽は声を落とした。

「よくご存知で」

夏樹も小声で答えた。

「今回の騒動には、公安局、中央統戦部、紅軍(こうぐん)工作部、朝鮮人民軍偵察総局、それに知っての通り、日本の公安調査庁が絡んでおる」

梁羽はドイツ語で話し始めた。周囲に人はいないが、警戒してのことだ。むろん宿泊客にドイツ人はいないことを確認してあるのだろう。

「緒方が中央統戦部と関わっていたことは知っています。だが、どうして公安局や偵察総局まで関わってくるのですかね？」

夏樹は独り言のように呟(つぶや)いた。

「分からぬか？」

梁羽は鼻先で笑った。

「どういうことですか？」

夏樹は梁羽の横顔を見た。

「おまえさんが、公安庁時代に何人の工作員を殺害したか覚えているか？」

梁羽は下唇を突き出して尋ねた。

「殺した数……」

夏樹は両眼を見開いた。問題は殺した数だけではないのだ。公安局、中央統戦部、朝鮮人民軍偵察総局、どの情報機関とも諜報戦で敵対する工作員を殺害したことがある。その過程で〝冷たい狂犬〟と呼ばれるようになったのだ。中朝から指名手配され、懸賞金も懸けられている。

「分かったか。緒方は各諜報機関に冷たい狂犬のプロフィールがあると、ネット上で競売させたのだ。当然、公安庁は緒方本人に事実確認すると同時に競売に加わった。冷たい狂犬の素性が中朝に知られたら、極秘の部署の存在も漏洩するからだ。だが、競売を待てない公安局、あるいは中央統戦部が横取りしようと、緒方を拉致拷問し、殺害したのだろう。極秘情報を金儲けの種にするものじゃないな」

梁羽は低い声で笑った。

「今回の騒動は、私の素性を知ることが原因だというんですか？」

夏樹は思わず声を上げた。

「おまえは十四年前に死んだことになっている。中朝の諜報機関は、それでおまえの追跡を諦めた。もっとも、数年前から冷たい狂犬は復活したという噂は絶えなかった。噂は欧米が主体でアジアでは少ない。だから、噂に止まったのだ。だが、緒方は金に困ったのか、復讐しようと思ったのか、おそらく両方だろう。おまえの素性をバラそうとしたのだ」

梁羽は温泉を両手で掬って顔を洗った。

「それで、中央統戦部はなりふり構わず、襲撃してきたのか?」

夏樹はふんと鼻から息を吐き出した。銃をちらつかせるだけでなく、MP7を乱射してきた。常軌を逸している。

「秋田におまえを狙うヒットマンが集結しているという情報もある。おまえの存在は爆弾のようなものだ。私もおまえの素性をバラされては困る。だから、競売に加わる振りをしてチームを従えて日本にやって来たのだ」

梁羽は溜息を漏らした。青年時代の彼は諜報員としての身分を隠して傳道明と名乗り、八卦掌の師範としてまだ小学生だった夏樹を弟子にしている。それは中国で公安調査庁の諜報活動を手伝っていた父親に近付くためだった。

彼の報告で夏樹の両親は暗殺部隊によって見せしめに惨殺された。それを知った梁羽は憤慨し、暗殺部隊を密かに皆殺しにしている。むろん犯人が梁羽であることは誰にも知られていない。冷たい狂犬として追われる身になった夏樹に第二部第三処の諜報員の身分を与えて助けたのは、彼なりの罪滅ぼしなのだ。

だが、緒方が夏樹のプロフィールを公開すれば、梁羽としては冷たい狂犬との接点を見出（みいだ）される可能性があった。それだけは梁羽はなんとしても阻止する必要があったのだ。

「緒方の葬式を口実に帰国したのに、とんだ休日になってしまいました」

夏樹は口角を上げて、雪空を見上げた。敵対している工作員を殺害した数は、正直言って数え切れない。それだけ恨みを買っているのは知っていた。

「やつらは、おまえもこの争奪戦に参加すると思っている。極秘情報が見つからなければ、絡んでくる日本人はおまえだと判断して殺しに掛かって来るだろう」

梁羽は岩壁にもたれて大きな息を吐いた。

「私に間違えられて死者が出る可能性があるということですか」

夏樹は首を横に振った。

「おまえは戻ればいいんだ」

梁羽は日本語で言った。

「戻る？　どこに？」

夏樹は首を傾げた
「栄光の称号、『冷たい狂犬』にだ」

梁羽は息を漏らすように言った。「栄光」は強烈な皮肉である。

「冗談でしょう」

夏樹は肩を竦めた。

## 4

午後四時十分。

夏樹はフォレスターに乗り込み、鶴の湯を出た。

気温はマイナス七度まで下り、雪は相変わらず降っている。

運転しながら夏樹は自分の左手の甲の匂いを嗅いだ。中の湯でよく体を洗ったのだが、露天風呂の白湯の強烈な硫黄の匂いが気になるのだ。

これまで諜報員として体臭を発しないように無臭の制汗剤を使い、香料が入ったヘアークリームや化粧水すら使わないようにしてきた。些細なことで他人の記憶に残らないようにするためである。にも拘わらず、濃厚な温泉の硫黄臭が体中からするのだ。梁羽に会うためとはいえ、失態であった。

風呂から出て夏樹は梁羽の部屋で四十分ほど話し込んだ。有力な情報も得られたが、梁羽が一杯やりながらの昔話に付き合ったといった方が正しい。彼は夏樹に使命を託したことで安心しているのか、観光気分に浸っていた。もっとも中国では常に暗殺に備えて生活しているので、日本に来て気が緩んでいるのだろう。そういう意味では夏樹と似ている。

「うん？」

夏樹はバックミラーを見て右眉を上げた。先達川の橋を渡ったところでバックミラーにいつの間にか黒い車が映り込んでいたのだ。BMWの四駆、X4である。

鶴の湯の駐車場に宿泊客と日帰り客以外の車が停められていないことは、梁羽の部下が確認している。用心深い彼が護衛を二人に絞っているのは、部下としてトップ2だからなのだろう。チームを連れてきたと聞いているので、他の部下は角館の市街のホテルにでもチェックインしているに違いない。

鶴の湯から尾けられていないことは、分かっている。別館への三叉路から現れたのだろうが、雪が激しくなっているので気付かなかった。

鼻息を漏らした夏樹は、尾行を確認すべくアクセルを踏んだ。帰国したことで気が緩んでいた。そもそも観光気分だったことで油断があったらしい。盗まれた掛け軸に興味がないのもそのためだ。

最初のヘアピンカーブに差し掛かる。後続の車も速度を増し、後輪を滑らせながら付いてくる。なかなかのドライヴィングテクニックだ。

「面白い」

バックミラーを見た夏樹は次のヘアピンカーブに突っ込んだ。さっきのカーブよりもRがきつい。後輪が流れた。アイスバーンを掴み切れなかったのだ。リアバンパーを除雪した雪の壁にぶつけ、体勢を立て直した。

後続の車も同じようにリアバンパーを雪の壁にぶつけたが、後輪のグリップが利かなかったのかスピンした。一回転して雪の壁に側面から突っ込んだ。崖でなかったのが残念である。

「ふん」

鼻先で笑った夏樹は、アクセルを戻した。この先も曲がりくねっているが、ヘアピンカーブはない。

九十度近い左カーブを曲がる。

「なっ！」

夏樹はハンドルを戻した途端、ブレーキを踏みながら慌てて右にハンドルを切った。カーブの五メートル先にブルドーザーが停めてあったのだ。

車は道路を飛び出し、斜面の木にぶつかりながら小川に突っ込んで停まった。エアーバッグが音を立てて膨らむ。

「うーむ」

衝撃で意識が遠のいた。

破裂音。エアーバッグが萎んだ。

破裂音が続き、ウィンドウが砕け散った。銃撃されているのだ。

「くそっ！」

頭を振った夏樹は身を屈めて助手席のドアを開け、小川に這いずり出た。銃撃は続いている。スマートフォンを出し、カメラモードにすると、崖の上を映し出す。日没前の薄闇と雪で映像は不鮮明だ。だが、崖の左上にブルドーザーとその後ろに黒い車が停まっており、三人の男がその近くにいることはなんとか分かる。距離は六十メートル近いだろう。型まで特定できなかったが、一人はライフルを持っていた。道路脇に置かれていた除雪ブルドーザーを勝手に動かしたに違いない。

車は沢を落ちて垂直に川へ突っ込んだ。落差がある崖でなかったことは幸運と言える。足元を流れる川の水深は二十センチ前後だが、水温は一、二度だろう。車から降りた際、下半身を濡らしたために体温を奪われていく。持久戦に持ち込むことはできない。

敵は位置を変えながら銃撃してきた。夏樹は車のフロントに回り込んだ。

スマートフォンを下げて車の陰から周囲を見回した。川の反対側の斜面を上ればライフルの餌食になる。左手は下流になるが沢は深くなる。逃れるのなら上流に向かうべきだが、脱出して雪山に迷い込めば、凍死するだろう。

夏樹は右手の上流に向かって走った。足元を銃弾が跳ねる。蛇行した川を四十メートル走り、橋の下を潜った。さらに十メートル上流に入って川から上がり、沢をよじ登って木立の陰に隠れた。道路から十数メートル離れている。

三人の男たちは橋の上から銃口を周囲に向けながら夏樹を探している。スコープは取り付けていないが、ライフルは猟銃として使われるドイツ製SAUER101のようだ。猟銃免許を持っていれば、国内で購入することはできる。

夏樹は木立の陰からグロックを構えた。ライフルの男は橋の上をウロウロしている。他の二人も近くにいるが、とりあえずの脅威はライフルだ。距離は十二メートルから十六メートル、射程内だが、あたりは急速に闇に包まれ横殴りの雪になってきた。その上、寒さで手が震える。

トリガーを引いた。銃弾は男の右肩を掠めた。

「くそっ！」

舌打ちをした夏樹は連射した。三発目が眉間に命中する。

銃声を聞きつけた二人が、夏樹がいる木立に向かって銃撃してきた。木立は橋の上よりも暗い。彼らは闇雲に撃っているのだ。

夏樹は沢を降りて川に入り、橋の下を潜って反対側の沢を駆け上がった。

橋の上にいる右側の男の後頭部に二発撃ち込んだ。左側の男が振り向きざまに連射してきた。夏樹は横に飛びながら三人目の男の腹を撃ち抜いた。広い標的を選んだのだ。

男は跪きながらも撃ち返してきた。立ち上がった夏樹は震える手でマガジンを入れ替え、男の心臓目掛けて三発撃ち込んだ。二発目で心臓を貫いたが、トリガーを握った指を戻せなかった。夏樹はやっとの思いでグロックをジャケットのポケットに入れると、三つの死体を橋の下に落とした。春の雪解けまで死体は発見されないだろう。足を引きずりながら坂道を歩き始めた。男たちは最初に襲撃してきた連中である。二人の顔に見覚えがあった。とすれば、百メートルほど先に停めてある黒い車は古いベンツなのだろう。

フォレスターに乗っていたので、尾行されたらしい。鶴の湯は一本道の終点なので、罠を仕掛けて待ち伏せることにしたようだ。おそらく、仲間を鶴の湯に残して見張りをさせていたに違いない。途中から尾行してきたBMWも仲間だった可能性がある。BMWの尾行をまこうと不用意にスピードを出し、まんまと罠に掛かったのだ。

夏樹は古いベンツSクラスの運転席に乗った。鍵は付けられたままだ。

「うん?」

左の脇腹が不意に痛み出したので触ってみると、右手が血に染まった。いつの間にか撃たれている。寒さで感じなかったのかもしれない。アドレナリンのせいもあるのだろう。

震えが止まらない。エンジンを掛け、サイドブレーキを外してアクセルを踏んだが、足の感覚がない。

百メートル進んで橋を渡った。だが、カーブを曲がり切れずに雪の壁に突っ込んだ。

夏樹は運転席のドアを開けて右足を下ろすと、地面に吸い込まれるように倒れた。下半身の感覚がなくなっている。

「……」

夏樹は地面に頭を付けたまま降り積もる雪をぼんやりと見つめた。やがて雪は闇に消え、意識を失った。

# 老子

## 1

夏樹は暗闇で両眼を見開き、ジャケットのグロックを探した。

「むっ!」

慌てて上半身を起こし、眉間に皺(しわ)を寄せた。グロックどころかジャケットも着ていない。しかも、左脇腹に激痛が走ったのだ。

照明が点灯した。

「動かないでください。紅龍!」

見知らぬ女性が、中国語で注意してきた。しかも、夏樹の第三処の身分を知っている。三十代前半、言葉遣いは訛(なま)りのない標準語(北京語)で、私服だが首に聴診器を掛けていた。

「誰だ?」

夏樹は女性の顔をチラリと見ると、周囲を見回した。点滴を打たれているが、部屋の造りからして病院ではなさそうだ。壁に油絵が掛けてあり、ソファーもある。どこかのホテルらしく、遮光カーテンが閉じてある。

「私は李海霞、医者です」

李海霞は、夏樹の右手首を握り、腕時計を見ながら脈を測った。

「ここは、どこだ？」

夏樹は枕を立ててもたれた。

「ここは田沢湖畔にあるホテルです。あなたは、怪我をして雪道に倒れていたのです。危うく凍死するところでしたよ」

李海霞は、首を横に振った。

「誰が、私を助けた？」

夏樹は質問しながら彼女を観察した。中国人であることは間違いないだろうが、夏樹を冷たい狂犬と認識しているかが問題であった。「紅龍」と呼んだのは、油断させるためかもしれない。助けてくれたからと言って味方とは限らないからだ。

「Bチームが救助にあたりました。彼らは老子から密かにあなたを護衛するように命じられています。もっとも、雪道であなたに付いていけずに到着に遅れました。そのことを恥じています」

李海霞は、苦笑を浮かべた。

「老子？　そういうことか。君もBチームか？」

　夏樹は小さく頷いた。総参謀部で梁羽は敬意を込めて「老子」と呼ばれている。夏樹を助けたのは雪道でスピンしたBMWの連中で、梁羽の部下だったらしい。車を元に戻して坂道を下り、ブルドーザーが道を塞いでいたので慌てただろう。

「私は、Aチームに所属する専属医です」

　李海霞は、点滴の調整をしながら答えた。澄ました顔で言ったが、表情筋が硬い。

「老子は、病気なのか？」

　夏樹は訝しげな目で尋ねた。

「彼は病気ではありません。私はチームの健康管理と救急医療が任務です。今回の遠征は長期に亘ると判断した老子が、私に同行を命じられました。あなたのように任務中に負傷する諜報員の強い味方ですよ」

　李海霞は、笑みを浮かべた。中国の有名な人形クーリャン・ドールのような完璧な笑顔である。だが、それだけに怪しいと言えるのだ。梁羽が二人の部下を従えていることは不思議ではないが、医者を帯同させるというのは腑に落ちない。

「老子は危ないのか？」

　夏樹は表情もなく尋ねた。

「とんでもない。彼は健康です」

李海霞も無表情で答えた。

「余命は？」

「私の診断では、三十五年です」

百歳近く生きると彼女は答えた。

「私は彼との付き合いは長いが、海外出張に医者を帯同させるというのは、初めて聞いた。本当の訳を聞かせてくれ」

夏樹は食い下がった。

「老子は、暗殺による粛清を恐れているのです。私は外科医であると同時に、薬物学の研究者でもあるのです。恐れているのは、毒物による薬殺です。老子はこの一年で三度も命を狙われています。その内の二回が毒物です」

溜息（ためいき）を吐いた李海霞は、声を潜めた。これまでも彼女は密かに活躍したらしい。

「老子が反体制派だと疑いを掛けられていることは知っている。だが、そのために共産党の委員を辞めたはずだ。それでも疑われているのか？」

夏樹は目を細めて首を傾げた。

「あの方は毛（もう）主席のように疑り深いのです。忠誠を誓ったとしても、仕事ができる者を疑うようです」

李海霞は遠回しに答えた。毛沢東（たくとう）は国家主席の地位の復権のために文化大革命の名の下に、粛清の嵐を吹かせて政敵を根絶やしにした。また、その過程で将来政敵になりうる知識人も標的にし、政敵も含め二千万人以上の国民が虐殺されたと言われている。むろんあの方というのは、習近平のことだろう。

「老子もこのホテルに泊まっているのか？」

梁羽は海外で活動する際、暗殺を恐れて毎日宿泊先を変えることにしている。

「昨日の旅館に泊まっていないことだけ、お教えします。あなたが襲撃されたことで、老子は身の危険を感じられたのです。私も場所を知りません」

李海霞は咎めるような目付きで夏樹を見た。襲撃されたのは、夏樹が尾行されたためで自業自得と言える。だが、中朝の諜報員を誘き寄せることになった。夏樹が鶴の湯に行った理由を彼らは知る由もないだろうが、彼女はそれを怒っているようだ。

「今何時だ？」

夏樹は李海霞の腕時計をチラリと見た。遮光カーテンの隙間から光が漏れていないので、夜中ということは分かる。

「午後十一時五十六分です。あなたは、こちらに運ばれてから六時間以上気を失っていたのです」

李海霞は腕時計を見て答えた。

「分かった。世話になる」

夏樹は枕を元に戻し、横になった。

## 2

十二月二十二日、午後三時二十分。田沢湖畔。

秋田は昨夜から全域で雪が降り続いている。強力な寒冷前線の影響だ。

夏樹は田沢湖の西岸にある漢槎宮の参道の橋に佇んでいた。湖に張り出すかたちで建てられた小さな神社で、流れ着いた大木の浮木（流木）を祀ったことで浮木神社とも呼ばれている。

小さな拝殿には回廊があり、拝殿の裏側から湖と対岸を望む絶景が見られる。だが、今日は吹雪のために視界が悪く、その上、降り積もった雪で回廊の足元が悪い。拝殿を一周しようと思ったが、途中で引き返した。

対岸は雪で霞んでいる。左手を見ると金色に輝くはずの〝たつこ像〟が、白い衣を着ていた。永遠の若さと美貌を願って霊泉を飲んで竜に姿を変えたという辰子姫の伝説をもとに一九六八年に建てられたブロンズ像で、湖のシンボルになっている。

梁羽の部下が宿泊している湖畔のホテルから徒歩でここまできた。距離は百メートルほどだが、早朝に除雪された道路には早くも雪が積もり、歩き難かった。銃弾が掠めた左脇腹は縫合できないので止血剤を塗布したガーゼで覆い、厳重にテーピングしてある。歩いても痛みはさほど感じないので支障はない。

県道60号田沢湖畔線を走ってきたランドクルーザー250が、目の前で停まった。サングラスを掛けた男が運転席から飛び降り、駆け寄ってくる。

「凄い景色だ！　やっほー！」

男は夏樹の傍に立ち、大声を上げた。東京から呼び寄せたカルロスである。十数分前に到着すると連絡を受けていた。南国育ちだけに、よほど雪景色が珍しいようだ。八年近く日本に住んでおり、降雪も経験しているが、豪雪地帯に来たのははじめてだからだろう。

夏樹はカルロスの肩を叩き、運転席に乗り込んだ。ホテルから抜け出したのは、車に乗るところを見られたくないからで、夏樹に付けられた護衛チームをまく必要があったのだ。

「いつまではしゃいでいる。置いていくぞ！」

夏樹はウィンドウを下げて手を振った。

「はい、はい」

カルロスは丸めた雪を湖に向かって投げると、助手席に乗り込んできた。

「頼んだ装備は持ってきたな」

夏樹は楽しそうに体でリズムを刻んでいるカルロスに尋ねた。夏樹が久しぶりに日本に帰ってきたこともあるが、一緒に仕事をすることが楽しくて仕方がないらしい。

「もちろんです。それと、コーヒーの器材も持ってきましたよ。美味しいコーヒーもご馳走します」

カルロスは手を叩いて答えた。彼は夏樹の所有していた練馬区にあるダッチコーヒーの専門店〝カフェ・グレー〟と輸入雑貨店〝ラ・セーヌ〟の経営をしている。コーヒー豆の仕入れから製法までこだわる夏樹の技術を受け継ぎ、カフェは以前にも増して人気店になっていた。

現在は常駐スタッフに任せ、輸入雑貨とカフェを併設した店舗を青山に出店するため奔走している。彼は語学力だけでなく、ビジネスの才もあるのだ。

「とりあえず、移動だ」

夏樹はUターンすると西に向かって車を進め、田沢湖から離れた。

四十分後、夏樹は角館街道から大曲市街に入り、奥羽本線のアンダーパスを渡る。住宅街に入り、丸子川畔に建つ〝パークリバーホテル〟の駐車場の一番奥にランドクルーザーを停めた。

「あなたの荷物は、黒のスーツケースにまとめておきました」

先に車から降りたカルロスは、バックドアを開けて荷台から二つのスーツケースを出してホテルのエントランスに向かった。

夏樹はエンジンを停めてからしばらく車に残り、周囲を窺（うかが）った。駅から五百メートルほど離れた落ち着いた住宅街で、雪のため静まり返っている。行き交う車もなく、人気もまったくない。尾（つ）けられていたら、尾行車はホテルを確認して通り過ぎるはずだ。

――こちらマンドドラゴン。雪で視界は悪いけど、尾行はないようです。

カルロスの声が左耳のブルートゥースイヤホンから聞こえた。先にチェックインさせたのは、最上階の部屋から周囲を窺うように命じていたからだ。

秋田行きを決めた際に、〝株式会社グローバル珈琲（コーヒー）〟という会社名義で最上階である六階の六部屋を押さえてあった。ホテルは角館からは三十分ほど、避難場所としても最適と考えたのだ。〝株式会社グローバル珈琲〟は夏柳賢治（なつやぎけんじ）という夏樹の偽名で登録した会社で、練馬にあるカフェなどの経営権を持っている。カルロスは表の顔として、実質的な経営者となっていた。

「了解」

夏樹は車から降りると、車のナンバープレートを変えてホテルに入った。活動するのに東京ナンバーでは目立つため、秋田ナンバーを取り付けたのだ。

カルロスの部屋は道路側の非常階段に近い角部屋で、夏樹の部屋は廊下を隔てて対面の丸子川を見下ろせる二十七平米のデラックスツインである。他の四部屋は夏樹らの部屋と隣接しており、なるべく他人を寄せ付けないために押さえたのだ。

ベッドの近くに黒いスーツケースが置いてある。夏樹はすぐさま中から特殊メイクの小道具が入ったポーチを出して洗面所に入った。

二十分後、夏樹は別人の顔になって洗面所から出てくると、部屋の冷蔵庫からペットボトルを出してミネラルウォーターを飲んだ。顔が浅黒く、落ち窪んだ目をしており、東南アジア系の顔である。年齢は六十代後半という設定で髪はグレーで皺もあった。

ドアがリズミカルにノックされた。カルロスである。ノックのリズムは決めてあった。

「お待たせしました」

念のためにドアスコープで確認してドアを開けると、二つのコーヒーカップとカフェポットを載せたトレーを手にしたカルロスが入ってきた。自室でさっそくコーヒーを淹れたようだ。夏樹の特殊メイクには慣れているので驚く様子はない。

カルロスは、壁際のカウンターテーブルにトレーを置き、ポットからカップにコーヒーを注いだ。コーヒーの香りが広がり、部屋を華やかにする。

「いい香りだ。トアルコトラジャだな」

夏樹はコーヒーが満たされたカップを掴(つか)むと、カウンターテーブルから椅子を引いて座った。

「準備は万端ですよ」

自分のカップのコーヒーを啜(すす)ったカルロスは、ウィンクをした。

彼には昨日の朝に作戦の準備をさせていたのだ。夏樹が襲撃されたことは予定外だったが、計画に支障はない。麗奈には、今度襲われたら地下に潜ると予(あらかじ)め伝えてある。メールでどうしたのかと聞いてきたが、返信していない。また、梁羽には単独で行動するために護衛は不要と、暗号メールを打っておいた。彼からは了解を意味する「好的」と一言だけ返事が届いている。

「楽しみだ」

コーヒーを味わった夏樹は、カルロスに親指を立てた。

## 3

十二月二十三日、午前十時三分。

東京行きの秋田新幹線こまちを降りた夏樹とカルロスは、角館駅前に出た。夏樹はステッキを突きながら前屈(まえかが)みに歩いている。カルロスは、黄色いダウンジャケットに赤いニット帽を被り、二十代後半という感じだ。二人はフィリピン人の親子という設定で傍から見て違和感はない。

駅前に緑色のマイクロバスが停まっており、出入口の前に青と赤のフィリピンの小さな国旗を手にした男が立っている。

「トライシクル観光はこちらですよ」

男は夏樹とカルロスを見ると、タガログ語で捲し立てて旗を振って見せた。

夏樹らは、フィリピンに本社を置くトライシクル観光が主催する「角館サムライの旅」というツアーに参加するのだ。というのは建前で、旅行の企画は夏樹が立ててカルロスが知り合いのトライシクル観光の営業に金を払って急遽仕立てた。

「マガンダン　アラウ（こんにちは）。今日はよろしく」

カルロスが先にマイクロバスに乗った。

「マガンダン　アラウ」

夏樹はステッキを突きながらバスに乗り込んだ。

「マガンダン　アラウ！」

先に乗っていた四人の男女のフィリピン人が二人に手を振った。彼らは栃木在住で、カルロスが知人を通じて雇ったサクラである。二泊三日の旅行がただででき、一人三万円の手当も払った。

夏樹とカルロスは、一番前の席に腰を下ろした。夏樹はもう一度武家屋敷通りを調べる必要があると思っていた。だが、中国や北朝鮮の諜報員とヒットマンが角館と周辺都市にいる可能性が高いため、日本人あるいは中国人として近付くのは危険である。そのため、外見的に明らかに違う東南アジア系を選んだのだ。

「私は、ガイドのデニス・ギラードです。みなさん、デニスと呼んでくださいね。それでは、出発します」

旗を持っていたデニスが乗り込み、大きな声で挨拶するとマイクロバスは発車した。

夏樹の睨んだ通り、角館駅前には中国系の目付きの鋭い男が数人立っていた。単独で行動する日本人の中年男を監視しているのだろう。冷たい狂犬は単独で行動すると思われている。実際、一人で行動することが多かった。

五分後、マイクロバスは食事処・桜の里の前で停車した。ツアーは桜の里で早めの昼ご飯を食べた後、デニスのガイドで武家屋敷を見ることになっている。大雪のため、隣接する河原田家と小田野家は徒歩で回り、他の場所はマイクロバスで移動する。ツアーということで、全員親子丼と温かい稲庭うどんセットが注文された。食事に時間を取りたくないので、単一メニューということにしてあるのだ。四人のフィリピン人は食事代もただなので、文句を言うはずはない。

四十分後、食事を終えた一行は、徒歩で河原田家と小田野家を回った。土曜日ということで一昨日よりも人手は多いが、雪のせいかいつもより観光客は少ないらしい。

「ピンとこないな」

夏樹は二つの武家屋敷を見学して首を捻った。

小田野家を出たところで、デニスが夏樹を横目で見た。

夏樹は右人差し指でこめかみを軽く叩いた。移動するという合図だ。デニスには夏樹は私立探偵で、今回のツアーを隠れ蓑として捜査活動をしていると教えてある。

三分後、マイクロバスが小田野家の正門前に停まった。すると、バスのすぐ後ろにベンツのSUVが停まった。

夏樹が目配せすると、カルロスが他のフィリピン人に丸めた雪をぶつけて遊び始めた。

「みなさん。バスに乗ってください」

デニスが旗を振った。

「やめろ。こいつ！」

雪玉をぶつけられた男が、笑いながらカルロスに雪玉を投げ返した。彼らとは何も打ち合わせをしていないが、フィリピン人はノリがいいのだ。カルロスは車道まで逃げた。

「遊んでいないで、乗ってください」

デニスが大声を張り上げた。

「寒いなあ」

先に四人のフィリピン人が震えながらバスに乗った。午後一時を過ぎてもマイナス一度から上がらないのだ。

「寒い、寒い」

夏樹もタガログ語で文句を言いながらバスに乗ると、最後にデニスが乗り込んだ。その様子をベンツの助手席の窓を開けて男が見つめている。だが、マイクロバスのドアが閉まると、ベンツは立ち去った。ツアー客が東南アジア系と確認したからだろう。

「おい。俺を置いていくな」

カルロスがバスのドアを叩いて乗ってきた。

「危うく出発するところでしたよ」

デニスが笑いながら言った。夏樹の指示でバスのドアを閉めていたのだ。

「うまくいきました」

カルロスは夏樹の隣りに座り、囁(ささや)くように言った。

「ご苦労」

夏樹も小さな声で答えると、アルファのスマートフォンを起動させた。

カルロスはフィリピン人が乗り込んでいる間に、ベンツにGPS発信機を取り付けたのだ。角館にツアーを装って入ったのは、緒方の極秘情報を探すためである。同時に、中朝の諜報員と思われる車を見かけたらGPS発信機を取り付けるということも予めカルロスと打ち合わせていたのだ。

スマートフォンの軍事コミュニケーションアプリ〝TC2I〟を立ち上げた。地図上の赤い点が遠ざかっていく。ベンツに取り付けたGPS発信機の信号である。

「うむ」

夏樹は小さく頷いた。

4

午後八時五十分。大仙市大曲。〝パークリバーホテル〟。

夏樹はホテルの自室でノートPCの画面を見つめていた。

フィリピン人風の特殊メイクは落とし、七十代の東洋系のメイクに変えている。ツアーで五つの武家屋敷を見学した。その際、撮影した写真を見ているのだ。ツアーは午後五時過ぎに角館駅でマイクロバスから降りた時点で終了している。帰り際の角館駅構内には三人の中国系の男が目を光らせていたが、夏樹たちには目もくれなかった。

「世の人の見付けぬ花や軒の栗、か」

夏樹は改めて芭蕉の句を口ずさんだ。「栗の花」の季語は夏である。緒方が殺されたのは冬であり、麗奈宛の手紙を書いた時点で夏だったと考えるのは無理があった。

「まったく、人騒がせなやつだ」

溜息(ためいき)を吐いた夏樹は、立ち上がるとベッドに仰向(あおむ)けに転がった。

「そうだ」

ベッドから起き上がると、ノートPCの画面上の写真を変えた。

「これだ」

夏樹は、河原田家の写真を表示させて頷いた。屋敷の一部が展示室になっており、そこにポスターサイズの「角館『町割絵図』」があったのだ。「享保(きょうほう)年間(一七一六〜一七三六)」と記されている。地図の下に写真も掲載されているので、復刻版のようだ。また、その下には「町人町の屋敷割絵図」という印刷物も掲示されていた。こちらは享保二十一年(一七三六)に作成された物らしい。当時の屋敷や家の主が記されている。

「しまった」

拡大して「栗」あるいは「花」という文字があればと思ったのだが、文字が読めるほど鮮明ではない。受付の隣りにある土産物コーナーに長い紙筒が確かあった。ポスターのように丸めて「町割絵図」を売っていたに違いない。展示物はよく見たが、同行したフィリピン人らに混じって土産物を見る気がしなかった。単独で行動できない弊害は、こんなところに出るものだ。

緒方は歴史案内人としてツアーガイドをしていたため、ヒントは公開している武家屋敷にあると思っていたが、そうではないのかもしれない。

夏樹が角館の武家屋敷にこだわるのは、緒方の実家にあった掛け軸を盗まれたせいもある。掛け軸はデコイだと思い込むことで、失態を自分自身に偽っているのだ。

「待てよ。……カルロス。今日買った土産物を見せてくれ」

夏樹はスマートフォンでカルロスに電話を掛けた。カルロスは他のフィリピン人にまじって土産物をたくさん買っていた。国内旅行はあまりしないので、仕事とはいえ観光気分だったのだろう。

ドアがリズミカルにノックされた。ドアを開けると、両手に大きな紙袋を提げたカルロスが入ってきた。

「全部、持ってきましたよ。ベッドの上に広げますね」

カルロスは、紙袋からベッドの上にばら撒くように土産物を出した。

一つの紙袋からいぶりがっこや稲庭うどんなどのパックが、山のように出てきた。別の紙袋には大小様々な箱や封筒が入っている。カルロスはカフェに飾る工芸品を欲しがっていたので、この地方の伝統工芸品だろう。だが、長い紙筒はない。

「いぶりがっこを酒の肴としてビールか日本酒でも飲みますか？　だからお土産持ってこいって言ったんでしょう？　寒いから熱燗で飲みたいところですが」

カルロスは流暢な日本語で言った。それに日本人のような習慣も身についている。

「角館の町割絵図を買っていればと思ったんだがな」

溜息を吐いた夏樹は冷蔵庫から缶ビールを二つ出し、一つをカルロスに投げ渡した。

「町割絵図って、……これ？」

カルロスはベッドに広げた土産物の中から封筒を抜き出した。

「何！」

夏樹は封筒をカルロスから取り上げて両眼を見開いた、封筒の表に「角館町割絵図」と記されているのだ。

「てっきり丸めてあると思ったが」

夏樹は中から折り畳まれた町割絵図を出して拡げた。表が武家屋敷で裏が「町人町」の町割絵図になっている。

「長い紙筒と折り畳んだバージョンがあったのです。紙筒は持ち帰るのに邪魔ですから封筒バージョンを選んだのですよ。古地図って、宝の地図みたいで恰好いいでしょう。下の写真と解説を切り取って店に飾ろうと思っているんですよ」

カルロスは缶ビールの蓋を開けて、笑った。

「いい仕事をしたな」

親指を立てた夏樹は、ポケットからスマートフォンを出した。着信音がしたのだ。

麗奈からメールが届いたようだ。

「何！」

夏樹は眉間に皺を寄せた。

5

午後九時二十分。

夏樹はランドクルーザーで国道105号を北上し、玉川を渡って角館町に入った。

麗奈からのメールですぐさま行動を起こした。メールの内容は〝インプレッサWRXを発見。秋田街道・桧木内川　百合より〟という一文である。

インプレッサWRXは、公安調査庁の石神と猪俣が使っていた車を指すのだろう。

「発見」という言葉が示すものは、車を単に見つけたというだけでなく、行方が分からなかったということに違いない。

「秋田街道・桧木内川」が場所を示すのなら、桧木内川に架かる橋、あるいはその近くということだろう。また、「百合」はレベル４と緊急性が高い。それを確かめるべく、夏樹は動いたのだ。

玉川を渡って最初の信号機がある交差点を左折した。その先にある秋田新幹線の踏切を渡り、次の交差点を右折する。不用意に危険が待ち構える角館に近付くつもりはなかったが、確かめなければならないことがある。そのため、カルロスはホテルに残してきた。

角館町田町の交差点を左折し、秋田街道に出た。道なりに数百メートルほど進むと、正面の大きな交差点の反対側がパトカーにより通行止めになっており、警察官も大勢いる。近くには二台の消防車と救急車も停車していた。桧木内川に架かる橋が封鎖されているのだ。

夏樹は交差点角にあるコンビニの駐車場に車を入れた。しばらく周囲の様子を窺(うかが)うと、車を降りて洟(はな)をかんだ。

離れた所に停めてあった白のハイエースから女性が降りてきた。ダウンジャケットに長靴と、一見地元民に見える化粧も控えめな麗奈である。

麗奈は無言で首を振った。ハイエースに乗れということなのだろう。

夏樹も口を開くこともなく、麗奈に続いてハイエースの後部座席に乗り込んだ。助手席に見覚えのある男が座っていた。少々老け込んだが、公安調査庁調査第三部長の中田雅明である。夏樹と違って特殊メイクをしているわけではないだろう。

「周囲を県警の警備部が固めているから、盗聴や狙撃の心配はないわよ」

麗奈は淡々と言った。

「久しぶりです」

中田が振り返って言った。二年先輩になるが、彼は昔から夏樹に改まった口調で話しかけた。もっとも、十数ヶ国語を自由に操り、八卦掌と古武道の達人という夏樹は庁内でも特異な存在であった。その上中朝の諜報機関から冷たい狂犬と呼ばれていたため、忌み嫌う者や畏怖する者もいた。好意的な態度で接する者は、稀有であったのだ。

だが、夏樹は大きな任務で結果を残し続けたので特別な待遇を受け、上層部からの信頼は厚かった。その結果、夏樹は孤立し、中田のように他人行儀な同僚が多かったのだ。

「ああ」

夏樹は僅かに頷いた。中田には、それで充分である。

「五十分ほど前に桧木内川の河川敷で雪に埋もれた車があると県警に通報があったの。交差点から左に外れて河川敷にある公園の堤を勢いよく下り、積もった雪に埋もれたようね。警察官が四十分前に公安のインプレッサと確認し、車内に二人の男性が閉じ込められているのを発見したわ。ドアは凍結していてすぐには救出できないため、消防隊員と除雪作業をしている」

麗奈は溜息を漏らしながら言った。車内の二人というのは、石神と猪俣なのだろう。インプレッサは、積もった雪に突っ込んだためにバックすることもできず、ドアも開けられないために脱出できなかったに違いない。

「二人とも自分で通報しなかったのか？」

夏樹は呟きながらスマートフォンを出した。通信不能になっている。妨害電波が出ているようだ。

「インプレッサを中心に半径二百メートルで通信障害が起きている。おそらく車にジャミング装置が取り付けられたのね。インプレッサの右サイドが破損している。右側から衝突されてハンドル操作を誤ったに違いないわ」

麗奈は表情も変えずに答えた。

「どうして窓ガラスを破って救出しないんだ？」

ドアが凍結して開かないことは分かるが、それなら窓ガラスを壊せばいいはずだ。外気はマイナス三度まで下がっている。救出は一刻を争うはずだ。

「今は慎重に除雪する他ないの。運転手側の窓ガラスに爆弾が仕掛けてある。振動を感知するタイプかもしれないので、迂闊に手が出せない。自衛隊の爆弾処理班待ちなの」

自衛隊の爆弾処理班を待っていたら、二、三時間は掛かるだろう。下手すれば、翌日ということになる。

「馬鹿な」

夏樹は車から降りるとコンビニに入った。

「どうするつもり？」

麗奈は慌てて付いてきた。

「爆弾処理の特訓は受けただろう？」

夏樹は振り返りもせずに尋ねた。彼女は公安調査庁時代に、自衛隊の爆弾処理班の教官の下で特訓を受けている。

「私が、振動センサーが取り付けてあると判断したの。分解は無理よ。あなたならできるの？」

麗奈は横に並んで聞き返してきた。

「やってみる」

夏樹はコンビニの店長に警察官だと名乗って消火器を借りた。夏樹は新人時代に公安調査庁の特待生限定の教育プログラムで渡米している。ＣＩＡのファームで一年間の訓練を受けるというものだ。ファームでも成績があまりにも優秀だったため、後半は現役の局員が受ける上級訓練も受けている。

夏樹は消火器を手に道路を渡ってパトカーの脇を抜けた。

「近寄らないでください」

規制線の前に立っていた警察官が大声で言った。

「私たちは捜査関係者よ」

麗奈がポケットから警察バッジを出して見せた。国防局の局員はあらゆる身分証を持っているのだろう。

夏樹は規制線を跨ぐと、除雪された公園の堤を下りて河川敷に出た。

投光器に照らされたインプレッサは川の二メートル手前で自ら作った雪の壁に阻まれて停止している。数人の消防隊員と警察官がスコップで車の周囲の除雪をしていた。

だが、爆弾があることが分かったために車には直接触れないようにしている。

自衛隊の爆弾処理班が作業しやすい様に除雪しているだけで、救助自体は断念しているようだ。

「退いてくれ」

車の運転席側に立って作業をしていた警察官を退かした。

爆弾は横十五センチ、縦十センチ、厚みは五センチほど、吸盤で運転席側のウィンドウに取り付けられてある。振動センサーが取り付けられているかは、分解しないと分からないが、ドアの外に付けてあるのなら疑うべきだろう。内部にプラスチック爆弾が仕掛けてあれば別だが通常火薬なら、爆発しても殺傷距離はせいぜい半径四メートルほどか。

「少なくとも無線起爆ではないな」

夏樹はハンドライトで爆弾を調べると消火器の安全ピンを抜き、消化液を爆弾に噴射した。現時点でも爆弾はマイナス三度と冷え切っている。消火器は強化液タイプで、温度をさらに下げることができるため、爆弾の機能を低下させるのだ。

「消防隊員と警官を退避させろ」

夏樹は傍で見ている麗奈に命じた。

「退避して！　退避！」

麗奈は大声で呼びかけて堤を上る。警察官らも戸惑いつつも河川敷から退避した。

「これでよし」

夏樹は噴射しきった消火器を投げ捨てると、足元の小石を拾って右手に握った。

爆弾の正面に立つと、夏樹は右正拳（みぎせいけん）でウィンドウの右隅を突いた。ガラスは破裂音と共に砕け、右拳を引くと同時に左手で落下する爆弾を掴（つか）んだ。車のウィンドウは弾力がある中央よりも隅の方が割れやすい。小石の先端でそこを突いたのだ。

夏樹は左手を大きく振って、爆弾を対岸に向かって投げた。爆弾は川の中洲（なかす）に積もった雪の中に落ちると一拍置いて爆発した。やはり、振動感知センサーが起爆装置だったらしい。爆弾処理班が防護服を着ていたとしても、被害は出ていただろう。

車内を照らすと、運転席に猪俣が、助手席に石神が座っている。夏樹は猪俣の首筋に指を当ててみた。体温は感じられない。脈を測る必要もなかった。死後硬直が始まっているのだ。顎下の筋肉が硬くなっているので、死後三時間以上経過している。

溜息を吐いた夏樹は、無言で河川敷を上った。

「救助！」

レスキューの消防隊員が河川敷を駆け降り、夏樹とすれ違う。

五分ほどでレスキュー隊員が担架を担いできた。すぐ後ろにも別の担架を担いだレスキュー隊員が続く。担架にはシートが被せてある。警察官のジャケットを着ていない男たちが道路脇の除雪した場所に集まってきた。警備部の警察官なのだろう。

別の警察官が、ワンボックスの警察車両に合図を送る。現場が急速に動きを見せたが、消防車の脇に停められていた救急車の出番はなかった。

「通してくれ」

中田が警察官の人垣を掻き分けて現れた。

「ご確認ください」

担架を担いでいるレスキュー隊員が、中田に言った。

「ありがとうございます。……部下です」

中田は無言で二つの担架に掛けられているシートを捲り、ハンドライトで死体の顔を照らすと項垂れた。変わり果てた石神と猪俣の顔に苦悶の表情はない。寒さで眠るように死んだのだろう。

中朝の諜報員に変装した夏樹と思われたのか、夏樹の関係者と分かった上で殺害されたのかもしれない。あるいは、夏樹を誘き出すために殺された可能性もあるだろう。いずれにせよ、敵は緒方の情報が得られないために苛立っているに違いない。

「ご愁傷様です」

レスキュー隊員らは二つの担架を県警のワンボックスカーの荷台に載せた。

中田はワンボックスカーのバックドアが閉じられ、立ち去るまで頭を下げていた。感情のない男だと思っていたが、中田の背中には怒りと悲しみが滲み出ている。

振り返った中田が戻ってきた。

「礼をいいます。ありがとうございました」

中田は頭を静かに下げた。だが、その両の手は震えている。激しい怒りを抑えているのだろう。

「これ以上死体を出したくなかったら、この街から立ち去れ。県警も手を引かせろ」

夏樹は中田の耳元で囁いた。

「おまえが一人で解決するというのか？」

中田は言葉遣いを荒らげ、険しい表情で尋ねた。これまでと違って別人のように感情が籠(こも)っている。

「そういうことだ」

夏樹は平然と答えた。

「死体の山を築くつもりか？」

中田は夏樹に体を向けてじっと見つめてきた。

「問題があるのか？」

夏樹は抑揚もなく聞き返した。

「聞かなかったことにする」

中田は目礼すると、道路を渡って行った。夏樹の提案を承知したということだ。

「君も撤収して欲しい」

夏樹は麗奈に言った。

「自分の身は自分で守る」

麗奈は鋭い目付きで見返した。

「好きにしてくれ」

夏樹はふっと息を漏らし、現場から離れた。

# からくり

## 1

十二月二十四日、午前七時二十分。大仙市大曲。〝パークリバーホテル〟。

夏樹は自室の窓際に椅子を置き、雪降る丸子川の景色を飽きることなく見ていた。最上階のリバービューで、しかも吹雪という悪天候なので狙撃(そげき)の心配はない。

外気はマイナス三度。天気予報では最高気温はマイナス二度とたいした差はない。強力な寒気団が日本海側に居座っているため、今日も一日雪が降るようだ。

「たまの雪景色ならいいけど、毎日というのはね」

ベッドに寝ていた麗奈が起き上がった。昨夜、事件現場から麗奈を連れてホテルに戻っていた。彼女は秋田から撤収することを拒み、夏樹と行動を共にしたいと言うのだ。言っても聞かないことは分かっていた。それに六部屋も押さえてあるので連れてきたのだが、結局同じ部屋で眠ることになったのだ。

石神と猪俣の死体は県警の霊安室に運ばれた。今日中に東京に移送されて検死解剖が行われる。また、河川敷に埋もれたインプレッサも引き上げられて、警視庁の鑑識課が調べることになっていた。中洲で爆発した爆弾を県警が回収しているらしいが、悪天候で難航しているそうだ。

　ドアがリズミカルにノックされた。

「グッモーニング！」

　カルロスの陽気な声がドア越しに聞こえる。モーニングコーヒーを頼んであった。彼は諜報員としても働けるが、できれば争いごとに関わりたくないと言う。若くしてフィリピンの武装テロ組織の幹部だったという経験はすっかり忘れたようだ。今は、夏樹の世話をすることの方が楽しいらしい。

　ドアを開けると、昨夜と同じ様にコーヒーカップとカフェポットを載せたトレーを手に入ってきた。しかも今日はエプロンまでしている。

「グッモーニング！　マドマーゼル」

　カルロスが麗奈に気取って挨拶をした。初対面ではないので、わざと恰好をつけているようだ。

「おはよう。カルロス。コーヒーのいい香りがするわ」

　麗奈は毛布で胸元を隠し、半身を起こして微笑んだ。

「本日は、キリマンジャロです」

カルロスは壁際のカウンターテーブルにトレーを置くと、二つのカップにコーヒーを注いだ。夏樹が店をやっていた頃は人目を避けることが目的だったので、ダッチコーヒー（水出しコーヒー）の専門店にこだわり、営業時間も短かった。カルロスに代が変わり、ドリップコーヒーやデザートの種類も増やしたので、客足は伸びたようだ。

夏樹はコーヒーで満たされたカップを麗奈に渡した。

「私の好きなコーヒーよ。偶然？」

コーヒーの香りを楽しんでいる麗奈がカルロスに尋ねた。

「いいえ、ボスから聞きました。ごゆっくり」

カルロスは夏樹をちらりと見て答えると、麗奈に会釈して出て行った。変に気を遣われると、妙に気まずいものだ。

「これからの捜査方針はあるの？」

麗奈はコーヒーを啜りながら尋ねた。

「武家屋敷は再度調べたが、手掛かりはなかった。緒方の実家をもう一度調べたいと思っている。だが、それと同時にやることがある」

夏樹は窓の景色を見ながら言った。昨日、カルロスが買ってきた「角館『町割絵図』」を調べた。武家区画にも商家区画にも「栗」という文字が使われた名前はなかった。

「同時に？」

麗奈は首を傾げ、コーヒーカップをベッド脇のサイドチェストに置いた。

「昨日、フィリピン人の角館ツアーに混じって行動した。その際、近寄ってきた怪しい車にＧＰＳ発信機を取り付けた。現在角館と周辺エリアに公安局、中央統戦部、紅軍工作部、それに朝鮮人民軍偵察総局の工作員やヒットマンがいるらしい。昨日、発信機を取り付けた車は三台。いずれかの諜報機関の物という可能性がある。それを確かめて奴らを殲滅するつもりだ」

夏樹は静かに答えた。昨夜、石神と猪俣の死体を見た時はいささか腑が騒ついたが、今はいつもの自分に戻っている。

ＧＰＳ発信機の位置情報と解析は、デビル・マジックに任せてあった。情報面でのバックアップは重要であるが、今回の様に敵が多い場合はそれだけでは不十分である。カルロスが手伝ってくれているが、実戦で使える仲間がいないことは戦力不足に繋がることを改めて痛感した。

数年前から藤堂浩志率いる傭兵特殊部隊リベンジャーズと共に作戦行動をすることがあったが、彼らはロシアのウクライナ侵攻以来ウクライナを中心に東欧で活動している。紛争地にいる彼らに協力を要請するのは不可能であった。

また、明石柊真が創設した傭兵特殊部隊ケルベロスに任務を依頼することもあったが、彼らはフランスを拠点にしているために呼び出すにも時間が掛かる。どちらのチームもタッグを組めば最強だが、所詮自分のチームではないのだ。

「私も手伝うわよ。武器もあるから心配しないで」

麗奈は毛布を纏ってベッドから下りるとバスルームに入った。

緒方の実家で襲撃犯は、サブマシンガンのMP7とグロック19を携帯していた。どちらも日本で簡単に手に入れられる銃ではない。

襲撃してきたのは中国共産党中央統一戦線工作部の第一局の工作員で、リーダーは中国大使館所属の武官補佐である范真毅である。

また、范真毅が武官補佐となる前は統一戦線工作部の第一局の将校で、八年前は特殊作戦兵旅団、中国でも精鋭の特殊部隊の中校だったことまで分かっていた。武官補佐というのは表の顔で、現在も第一局に所属しているはずだ。エリート中のエリートということを考えれば、紅軍工作部の幹部としても働いている可能性も考えられる。

襲撃犯はあえて身元が知られない様に顔を隠すだけでなく、中国製の武器を使用しなかったのだろう。

現場に襲撃犯の一人が落としていったグロック19が一丁だけ残されていた。夏樹が肩を撃ち抜いた工作員の銃で、証拠品にも拘わらず麗奈はちゃっかり拾っている。もちろん現場検証を依頼した公安調査庁にも報告していない。彼女の銃の腕は夏樹がいたころも上級だった。何年も前のことなので、さらに上達しているに違いない。

「そうだな」

夏樹は右口角を僅（わず）かに上げた。

2

午前九時二十分。

夏樹のランドクルーザーは国道105号阿仁街道を北に向かっている。

三日前と同じルートを走っているが、吹雪の中を走っているので様相はまったくと言っていいほど違っていた。ランドクルーザーにスタッドレスタイヤを履いているので、雪道に問題なく対応できている。ホテルのフロントマンが、ここまで激しい雪は秋田でも珍しいと言っていた。

緒方の実家を再度調べるつもりである。角館町や周辺地域に展開している中朝の工作員を殲滅させる作戦は、夜間に限定して決行するつもりだ。今現在もチーム・デビル・マジックが、カルロスが仕掛けたGPS発信機で車の位置だけでなく、立ち寄った場所から宿泊先などの特定まで行っている。

前回来た時は、雪原であったとしても畦道（あぜみち）や農道の起伏で田畑だと認識できた。だが、その時よりもさらに数十センチも積雪しているため、地形すら分からなくなっている。前回は左手に桧木内川が見えたが、それすら確認できないのだ。

夏樹はスマートフォンの地図アプリを見ながらスピードを落とした。脇道が見つかったのだ。だが、除雪されていないため、三十センチ以上雪が積もっている。

「ここだな」

ハンドルを切って、雪を掻き分けながら進み、三メートルほどで車を停めた。下手に進めば、ランドクルーザーでも雪に埋もれて脱出が面倒になるだろう。

「母家の軒下で待っていてくれ」

車を降りた夏樹は、バックドアを開けてスコップと樹脂製の筒を出した。

「了解」

麗奈は助手席から飛び降りた。二人とも冬山用のハードシェルパンツにアルパインタイプのブーツを履いて、異常な雪に備えている。

夏樹は樹脂製の筒を小脇に抱え、スコップを担いで麗奈の後を追った。

二人は旅館の母家の軒下を伝って移動した。

「先に行く」

夏樹は軒下を出て雪原と化した中庭を膝上まで雪に埋もれながら進む。

「まるで雪中行軍ね」

麗奈は夏樹の足跡に沿って歩きながら溜息を吐いた。

夏樹は離れの玄関前をスコップで除雪した。

「開かないわよ。凍っているのかしら」

麗奈が引き戸に手を掛けて唸った。

「最高気温が零度以上になることはなかった。雪が溶けてまた凍ることはなかったはずだ」

夏樹は引き戸を軽く蹴ってから引っ張ると、勢いよく開いた。単に建て付けが悪くなっていただけだろう。家は人が住まなくなると傷むと言うが、無人の家はメンテナンスがされないので劣化が進む。

夏樹は玄関でハンドライトを点灯させ、廊下を照らした。前回上がった際の夏樹と麗奈の靴跡だけが残されている。緒方の掛け軸が奪われたことは中朝の工作員は知っているはずだ。彼らにとって緒方の実家に関心はなくなっているのだろう。

二人は短い廊下を抜けて十二畳間に入った。

夏樹は脇に抱えていた樹脂製の筒から、丸められた紙を出した。先日、襲撃された際に奪われた掛け軸の原寸プリントである。

「えっ！　いつの間に」

麗奈は夏樹が拡げた紙を見て声を上げた。

「私のスマートフォンには、書類や絵画を原寸でプリントアウトできる撮影アプリが入っている。また、それに対応する物理レンズも備わっている。データをカルロスに送って、原寸プリントを作成させていたんだ」

夏樹は、床の間にあった掛け軸の日焼け跡に合う様に、持参したプリントアウトを壁にテープで貼り付けた。

「凄い！」

麗奈は手を叩いて喜んだ。

「やっぱり、変な絵だな」

掛け軸の水墨画を改めて見た夏樹は、腕を組んで呟いた。

「変じゃなくて、下手くそなだけよ」

麗奈が鼻先で笑った。

「この絵を私のＩＴチームに解析させた。この絵には下書きの跡があるそうだ。それを毛筆でなぞったらしい。意図して描かれているのだ。だからと言って下手くそを装ったわけではないのかもしれない」

夏樹は撮影した画像データをカルロスとチーム・デビル・マジックにも送っていたのだ。

「栗の花の絵だけど、他の何かを表しているというの？」

麗奈は掛け軸のプリントに近付いて首を傾げた。

「ヒントは、この部屋にあるはずだ。取り外して掛け軸を単体で調べても意味はないのだろう」

夏樹は自信があった。掛け軸が単体で謎を解ける物なら、奪い取った中央統一戦線工作部が新たな動きを見せるはずだ。それがないということは、掛け軸その物に謎を解く情報がないということだろう。

「この部屋にねえ」

麗奈は訝しげな目で夏樹を見ると、部屋の中心に立って天井を見上げた。

「時間はある。部屋中を調べよう」

夏樹は床の間の壁を右手の甲で軽く叩いた。掛け軸はやはり囮で、部屋に隠し戸棚のような物があるのかもしれない。

「そうかもしれないわね」

麗奈は夏樹の意を察して、入口近くの壁を調べ始めた。

床の間を調べた夏樹は部屋の中央に立って周囲を見回した。十二畳間は漆喰の壁でできている。あまり汚れが気にならないのは、塗り直してまだ数年経ったに過ぎないのだろう。漆喰の壁は経年で風格が出るものだ。

「待てよ」

夏樹は慌てて玄関近くのトイレの扉を開けた。古い家にあるような砂壁になっている。

「どうしたの？」

麗奈は夏樹の肩越しに覗き込んできた。

「和風建築に詳しいか？」

「詳しいわよ」

唐突な質問に麗奈は躊躇なく答えた。

「このトイレの壁は砂壁で、漆喰よりも安普請なのか？」

夏樹はトイレの壁を指差して尋ねた。十二畳間の壁とトイレの壁の違いの理由が知りたいのだ。

「これを砂壁とは言わないの。これは聚楽土に藁や麻や砂、それに紙やスサと水を混ぜ合わせた聚楽壁と言われる高級素材よ。京壁の一種ね。茶室や料亭などに使われるの。熟練した職人さんの技よ。漆喰よりも高級だけど、……トイレが、聚楽壁で客室が漆喰というのはおかしいわね。多分、客室も聚楽壁だったけど、シミや汚れで漆喰に塗り直したんじゃない？」

麗奈はトイレに入って、ライトで壁を繁々と見た。

「塗り直したのか」

頷（うなず）いた夏樹は十二畳間に戻り、床の間の壁を調べるために軽く叩いた。

「そういうこと」

麗奈も出入口近くの壁を調べ始めた。

床の間が怪しいと思ったが、どこを叩いても音の違いはない。夏樹は床の間の反対側を調べることにした。

「うん？」

掛け軸の正面の壁が軽い音を立てた。空洞になっているのだ。

夏樹はハードシェルパンツの左の裾（すそ）をたくし上げ、足首のシースからタクティカルナイフを抜いた。先ほどの場所にナイフを突き立てるとナイフは簡単に貫通し、穴が開く。

「隠し戸棚？」

麗奈が穴にハンドライトの光を当てた。

「分からないが、何かあるようだ」

夏樹は頷くと、ナイフで穴を拡げた。

「ビデオカメラ？」

穴を覗いた麗奈は言った。縦横十五センチ、奥行き二十センチの穴の中に掌（てのひら）サイズの物が置かれている。一見モバイルバッテリーのようだが、よく見るとレンズが付いていた。

「これはメモリ内蔵の小型プロジェクターね。データを収めてあるに違いないわ」

麗奈はプロジェクターに手を伸ばした。

「待て」

夏樹は麗奈の腕を摑んだ。

「どうして？」

麗奈は怪訝な表情で手を引っ込めた。

穴の床面に線が何本か書き込んである。プロジェクターの位置を決めるために引いたのだろう。

「プロジェクターが置いてある位置に意味があるはずだ」

夏樹は小型プロジェクターの上部にある電源ボタンを押した。

「あっ！」

麗奈は両手で口を押さえた。プロジェクターの光は、床の間の掛け軸に当たっており、水墨画が下絵となって別の絵柄になっているのだ。

「これは、地図だ」

夏樹はベータのスマートフォンで掛け軸の絵を撮影した。

# 3

午後八時二十分。〝パークリバーホテル〟。

夏樹はランドクルーザーに乗り、ホテルの駐車場を出た。

気温はマイナス二度。雪は幾分落ち着いてきたようだ。ワイパーは最速でなくても見通しは利く。路面には雪が十センチ以上積もっている。夜間だが、そのうち除雪されるだろう。雪国には除排雪路線が決められており、主に幹線は一定の降雪があると除雪されるのだ。

大曲市街を抜けて角館街道から秋田新幹線の踏切を渡って国道105号に入った。角館町の外れで県道257号に進む。

「あの地図だけど、うちの組織の解析チームでは今のところ判別不能だそうよ。結構な頭脳が揃っていると思っていたけど、『お手上げ』って言いたくないみたい」

助手席の麗奈が愚痴を言った。彼女にも新たに発見した緒方の掛け軸の画像データを渡してある。国防局は所帯は小さいが、情報を収集分析する専門部署があるらしい。

「焦る必要はない。うちのチームもまだ、解明できていないんだ」

夏樹は掛け軸の画像データを撮影直後にチーム・デビル・マジックに送った。彼らも日本中の地図と照合し、日光市の地図に符合することは分かっている。日光と言えば、奥の細道のルート上にあるので、緒方が芭蕉の俳句を使ったことと関係するのかもしれない。だが、場所が分かってもどこかを特定している訳でもないので今のところ解明したとは言えないのだ。

また、緒方の実家の離れにあった小型プロジェクターも回収してある。謎解きの結果に一番近いのは夏樹らなのだ。

「焦る必要があるの。公安庁は、二人も職員を殺害されて責任の所在がどこにあるのかと政府から責められている。このままでは中田さんが退職に追い込まれるのは目に見えているわ。同情するわけじゃないけど、彼が責められるべきじゃないでしょう？」

麗奈は肩を竦めた。

「公安庁は、体質が古い。政府もな。だから、二人も職員を殺されたのだ。抜本的な改革をしなければ、二人の職員どころか日本は守れない」

夏樹は冷たい表情で答えた。スパイ防止法は未だに制定されていない。他国のスパイが堂々と日本中を闊歩している。警察関係組織も情報機関も法の後ろ盾がないまま他国のスパイに対処しており、監視はできるが処罰するどころか逮捕もできないというのが現状だ。

「先進国でスパイ防止法がないのは日本だけ。私の組織も総人数は五十名もいない。

これじゃ、世界の諜報戦からますます取り残されるわ」

麗奈は溜息を吐いた。

県道50号を経て国道46号を通り、田沢湖の南に位置する山間に入った。

気温はマイナス六度まで下がっている。街中と違って標高も高くなるので、一気に気温が下がったようだ。さすがに冷えてきたので、ヒーターの温度を上げた。南国育ちのカルロスをホテルに置いてきたのは正解であった。彼には掛け軸のプリントアウトとプロジェクターを使って再度地図を再現できるようにテストさせている。

昨日角館町でGPS発信機を取り付けた怪しい車は、三台あった。だが、いずれも街から離れている。大雪で活動ができなくなったというのが大きな理由だろう。また、公安調査庁の職員が殺害されたことで、県警が特別警戒体制に入ったこともあるはずだ。

一台は東京に向かっているらしい。後の二台は盛岡の〝グラン・アルフォートホテル〟と〝スーペリア盛岡〟という二つのホテルの駐車場に停められていた。ホテルの監視カメラでグラン・アルフォートホテルは公安局、スーペリア盛岡には中央統戦部の諜報員がチェックインしていることが分かっている。

また、東京に向かったのは、朝鮮人民軍偵察総局ということは判明していた。夏樹に五人の工作員を殺害されたため、本国から帰還命令が出ている。それをチーム・デビル・マジックが傍受した。また、二つのホテルを使用している諜報員の身元は、人民解放軍総参謀部のサーバーのデータを利用して顔認証したのだ。

「成立しない法律をあてにしないことだ」

夏樹はふんと鼻から息を漏らした。

「あなたみたいな諜報員が日本に十人もいれば、あてにしないわよ」

麗奈は大きな溜息を吐いた。

国道46号の上り坂が続き、外気温はマイナス十度になった。路面がライトを反射し、きらきらと輝いている。道路は完全なアイスバーンになっているが、ランドクルーザーは確実に路面を捉(とら)えていた。

夏樹はカルロスに会社の経営だけでなく、隠れ家や武器や車の管理も任せている。用途によって使い分けるために五台の車を所有しており、ハードな環境に耐えうるランドクルーザーを今回選んだ。五台の車にはすべて武器や装備が予(あらかじ)め積んである。夏樹の呼び出しにカルロスが即応できたのもそのためである。

雫石町(しずくいしちょう)を抜け、一時間後、盛岡に入った。雪は止んでいる。県道1号を雫石川に沿って進み、途中で左折し、高架下にあるパーキングに車を入れた。

二人はマスクで顔を隠し、車を降りた。三十メートルほど歩き、グラン・アルフォートホテルの裏口に出る。午後十一時二十分になっていた。

「こちらボニート。到着した。マジックドリル、応答せよ」

夏樹はブルートゥースイヤホンを左指でタッチし、森本に連絡した。インターネットを利用するIP無線機を使っているので、パリにいるチーム・デビル・マジックの三人とほぼリアルタイムで話せるのだ。

――マジックドリルです。ホテルはすでに管理下にあります。監視カメラの映像はすべてループさせています。裏口を開けますよ。

森本が応答した。監視映像はループさせているので、記録として残らないということである。彼は監視カメラの実際の映像で夏樹と麗奈を確認しているのだろう。

「サンキュー」

夏樹は革の手袋を嵌めると、裏口のドアを開けて中に入った。長い廊下があり突き当たりに防火扉がある。その先はフロントである。二人はドアの手前にある非常階段で五階に上がった。

「五階に到着した」

夏樹はジャケットのファスナーを開けてホルスターからサプレッサーが装着してあるグロック19を出した。いつも携帯しているグロック26は、足首のホルスターに予備の銃として隠し持っている。

――敵は六人、五〇五、五〇六、五〇七号室の三部屋にチェックインしています。

ドアは電磁ロックで、こちらから解錠できます。

森本は淡々と説明した。

「了解」

夏樹は頷(うなず)くと、五〇五号室の脇に立った。

麗奈が夏樹の顔の前で人差し指を立てた。殺しはなしと念を押しているのだ。国防局の上層部から夏樹が殺人を犯さないようにと厳命されたらしい。一人や二人ならともかく、中国の工作チームを殲滅(せんめつ)させるようなことになれば、中国はあらゆる手段で報復してくるだろう。それを日本政府は恐れているのだ。死体の山を築くつもりだったが、それはまたの機会ということである。

夏樹は小さく頷くと、麗奈に廊下で見張りに立つようにハンドシグナルで合図した。二人で行動するには、部屋が狭すぎるのだ。夏樹は左耳のブルートゥースイヤホンの通話ボタンをタップした。

「マジックドリル。三部屋を一斉に開けろ」

夏樹が指示すると、三つのドアロックが同時に解除される音がする。

五〇五号室に飛び込み、ベッドに座っている男と窓際の椅子に座っている男の腹を次々と銃撃する。すぐさま部屋を出ると、五〇六号室に入って二人の男の腹を撃ち、同じ手順で五〇七号室の二人の男を撃った。全員急所を外し、正確に左脇腹を撃ち抜いてある。

銃をホルスターに収めて腕時計を見た。一人目を倒してから六人目を倒すのに十二秒掛かっている。悪くはないだろう。

「全員、入院は免れないけど、命に差し障りはないようね」

麗奈が各部屋を確認して苦笑してみせた。

「次に行こうか」

夏樹は冷めた表情で非常階段に向かった。

4

午後二時三十分。パリ18区。

ジャン・ロベール通りに、玄関が赤いドアの六階建てのアパートメントがあった。一階に二部屋、二階から五階まで各階に三部屋ずつあり、六階は改造して今は二部屋になっている。以前は二階から上は四部屋ずつあったが、オーナーとなった夏樹が、各階の一部屋を潰して（つぶ）エレベーターを設置するなど大改造した。アパートメントの名前はなかったが、近所の住民が〝赤いドア〟と呼んでいるので夏樹はそれを正式名称にしている。

五階の三部屋に森本とアンナとユリアの部屋があり、六階は二部屋の壁をぶち抜いてコンピュータの端末が並ぶ共同の作業部屋になっている。彼らは、単純にオープンスペースの略でOSと呼んでいた。

OSの中央に60インチのディスプレーがあり、森本はディスプレーに映るカルロスの作業を見守っている。

カルロスはホテルの自室の壁際に、突っ張り伸縮式のラックを設置していた。床から天井まで届く二本の伸縮式突っ張り棒に付けられたフックに、ハンガーが掛けられるポールを載せるのだ。ホテルの壁に直接プリントアウトされた掛け軸の水墨画を貼り付けると壁を傷つける恐れがあるため用意してきた。

また、水墨画から二・四メートル離れたところに設置した三脚にプロジェクターを載せるなど、緒方の実家の離れを再現する作業をしている。

掛け軸の位置やプロジェクターとの距離など、夏樹が現場で寸法をミリ単位で測ってきたのだ。それに合わせてハンガーポールに貼り付けた水墨画のプリントアウトの位置も調整する。

カルロスはプロジェクターの床からの距離をメジャーで測ると、大きく頷いた。単純な作業だが、スペースを取るためにベッドの位置を変えたり、ソファーを移動させたりと力仕事もあったのだ。もし、うまくいかない場合は、現場である離れまで行くように夏樹から命じられていた。レンタカーは事前に借りているが、カルロスは雪道を走ることに気乗りしないのだ。

——オーケー。これで大丈夫のはず。

カルロスは額に浮いた汗をトレーナーの袖で拭うと、作業が映るように設置したノートPCに向かって親指を立てて見せた。森本とカルロスはビデオ通話しているのだ。

「本当か？」

森本は首を傾げた。三十分前に準備ができたとカルロスから連絡を受けたのだが、微妙にプロジェクターの画像が歪んでいたり、水墨画とずれていたりと何度も失敗しているのだ。

——本当、本当。

カルロスは両手をノートPCに向かって振って見せると、部屋の照明スイッチを切ってプロジェクターの電源ボタンを押した。プロジェクターは市販のメーカー品を改造して作ってあるらしい。だが、一般的にプロジェクターは高出力のため、移動時などは電源を切った方が安全である。

——ありゃ？

カルロスは頭を抱えた。画像がぼやけているのだ。

「何やっているんだ。調整している時にレンズに指紋を付けたんじゃないのか？」

森本が腕組みをして文句を言った。

——えっ！　あっ。本当だ。

プロジェクターのレンズを覗き込んだカルロスが、頭を叩いて笑った。

「笑っている場合かよ。作業する時は、プロジェクターのレンズにカバーをするのは常識だろう」

森本が孫の手で背中を掻きながら首を振った。

——すまん。すまん。

部屋の照明を点けたカルロスは、プロジェクターの電源ボタンを切った。

——レンズカバー？　これか……。

レンズの横にあるスライド型のカバーを右にずらし、レンズを覆った。

——あれ？　別のレンズが出てきたぞ。

カルロスは首を傾げた。

「別のレンズって、何のことだ？」

森本は苛立ち気味に尋ねた。全体的な作業風景はノートPC搭載のカメラから見えるが、カルロスの手元はよく見えないのだ。

——レンズ脇にあるスライドカバーで覆うと、カバーがあった左端に別のレンズが現れたんだ。

「別のレンズ！　近くに寄ってくれないか？　ひょっとして違う映像を映し出す仕組みかもしれないぞ」

　森本は声を上げた。

——ちょっと。待ってくれ。

カルロスはノートPCを持ち上げ、プロジェクターに近付けた。だが、近寄ると画像がぼけてしまう。ノートPCに搭載されているカメラの性能の問題である。

「よく分からないが、電源を入れてみてくれ」

　森本は諦めてカルロスに指示をした。

——分かった。

カルロスはノートPCを元の位置に戻すと、部屋の照明を切ってプロジェクターの電源ボタンを押した。だが、第二のレンズからは青白い光が照らされるだけで映像は映らなかった。

「カルロス。クレジットカードを持っているか？」

　腕組みをした森本は尋ねた。

——何枚か持っているよ。

カルロスは怪訝な表情で答えた。

「それじゃ、カードを全部、その光に翳してみるんだ」

――クレジットカードを？

カルロスは首を傾げながらも財布から二枚のクレジットカードを出し、光に翳した。

すると一枚のカード表面に青白い文字が浮かび上がった。

――わおー。マジック！

カルロスが両眼を見開いている。

「やはり、そうか。その光はブラックライト、紫外線だよ。偽造防止にブラックライトに反応するインクで隠し文字が印刷されているクレジットカードがあるんだ。緒方は、随分手の込んだことをするな」

森本は孫の手で頭を軽く叩きながら言った。

――どういうこと？

カルロスが腕組みをしている。

「元の掛け軸には、ブラックライトで反応する染料が使われていた可能性があるということだよ」

――プリントアウトじゃ、駄目ってこと！

カルロスは甲高い声を上げた。

「面倒なことになった。ボスへの連絡は、俺の方からしておくよ」

森本は大きな溜息(ためいき)を吐いた。

## 5

午後十時三十分。盛岡。

夏樹は県道293号の高架橋で盛岡駅を抜け、北上川(きたかみがわ)を渡った。二百メートルほど進み、中央通りを右折して数ブロック先の交差点を過ぎたところで車を停めた。中央通り(ちゅうおうどお)りは片側二車線あるが、除雪した雪が両端に壁のように積まれている。

次の交差点角に〝スーペリア盛岡〟が建っており、平置きの駐車場はないがタワー式の立体駐車場が隣接していた。

「車を頼んだ」

夏樹はマスクを掛けてドアを開けた。ホテル周辺にコインパーキングはなく、近くのコンビニやオフィスビルの監視カメラがあるので映らないようにする必要があった。ホテル前で車を降りることも避けたいのだ。

ホテルはすでにチーム・デビル・マジックの管理下に置かれているはずだ。彼らなら付近一帯の監視カメラの映像を差し替えることも可能だが、監視カメラの台数が増えると差し替える映像に矛盾が生じるため、かえって怪しまれることになるだろう。

「了解」

麗奈は不服そうに答えた。先ほどのホテルでも出る幕がなかったので不満らしい。それに緒方の遺した謎解きよりも、夏樹を監視することが主たる役目らしいので別行動を取ることも嫌なのだろう。とはいえ、夏樹にとって相棒と言えるほどのレベルではないので、いつも一緒にというわけにもいかないのだ。

夏樹はダウンジャケットのフードを目深に被って歩道を歩いた。1ブロック先の交差点を渡り、十一階建てのスーペリア盛岡の前を通った。隣接する立体駐車場の横にホテルに通じるスタッフ専用の出入口がある。このホテルの情報も頭に叩き込んであった。

――マジックドリルです。ホテル内の監視カメラはすでにコントロール下にありますが、裏口のドアを含め客室のロックはアナログのシリンダーキーです。

森本から無線連絡が入った。周辺の監視カメラをハッキングしているので、映像で夏樹を確認したのだろう。

「了解。問題ない」

裏口であるスタッフ専用の出入口の前で立ち止まった夏樹は、周囲を見回しながら答えた。銃型のピッキングツールを手にしている。先端を鍵穴に差し込んで二度トリガーを引くだけで、解除できるという優れものだ。

——あのう、それから、掛け軸のことなんですが。

森本が言葉を詰まらせている。よくない情報をこれから伝えようとしているのだ。

「なんだ？　続けろ」

夏樹は銃型のピッキングツールの先端をドアの鍵穴に入れながら、不機嫌そうに聞き返した。

——回収したプロジェクターにはブラックライトの機能がありまして。

森本は再び言葉を切った。

「何？　掛け軸はオリジナルじゃないと駄目ということか？」

両眼を見開いた夏樹は手を止めた。

撮影で複製した掛け軸の水墨画は、オリジナルと変わらない精度の画像データがある。だが、それでは不十分ではないかという不安があったのだ。

——オリジナルは、おそらくブラックライトに反応する染料で水墨画に何かが描かれていたようです。

「オリジナルを回収すればいいんだな」

夏樹はふんと鼻息を漏らした。ピッキングツールのトリガーを二度引き、解錠したドアを開くと、音もなく侵入する。

——敵は七名です。八〇一号室に一人、八〇二号室、八〇三号室、それと八〇四号室に二人ずつチェックインしています。ただし、八〇四号室の二人は外出しています。買い出しにでも行っているんでしょう。

森本が情報を追加してきた。

「八〇一号室が、ターゲットか？」

夏樹は階段室に入ると、森本に尋ねた。ターゲットとは、范真毅のことである。

――そうです。

「とすると、例のプレゼントもそこだな」

夏樹は階段を駆け上がりながら頷(うなず)いた。プレゼントとは掛け軸のことである。負傷した二人の工作員と付き添いは手ぶらだったため、掛け軸はまだ范真毅の手元にあるはずだ。

――大変です。全員出かけるみたいです。

森本が金切り声で報告した。

舌打ちをした夏樹は八階の階段室から出た。

五人の男がエレベーターホールにいる。エレベーター前に范真毅と四人の部下が立っており、部下の一人が桐の箱を脇に抱えていた。

エレベーターホールまでは十数メートルある。夏樹は怪しまれないようにゆっくりと歩く。だが、振り返った范真毅が、首を傾げて夏樹を見つめている。階段室から出できたことを怪しんでいるに違いない。

エレベーターのドアが開いた。

五人の男たちが乗り込む。夏樹は廊下を走った。寸前のところでエレベーターのドアが閉まる。范真毅は、夏樹を見て笑っていた。グラン・アルフォートホテルが襲撃されたことを知って逃げ出したようだ。二人の部下は外出したのではなく、逃走用に車を駐車場から出して近くで待機しているに違いない。

夏樹はエレベーターのドアを叩くと、踵を返して階段室に向かった。

「こちらポニート。スコーピオン。応答せよ」

夏樹は麗奈を無線で呼び出した。

――こちらスコーピオン。どうぞ。

「ターゲットが逃走。迎えに来てくれ」

夏樹は階段を駆け下りながら連絡した。

――二台の車がホテルの玄関前に停まった。ベンツSクラスとBMWX4。

麗奈が早口で報告した。BMWのX4にGPS発信機を取り付けてある。

「裏口から出る」

――了解。

夏樹は一階の階段室から出ると、裏口から飛び出した。

6

午後十時四十二分。

ランドクルーザーが夏樹の目の前でUターンし、急ブレーキを掛けて停まった。入れ違いにホテルの玄関前に停まっていたベンツSクラスとBMWX4が交差点角を右折し、視界から消えた。

助手席に飛び乗った夏樹はシートベルトを締めた。

「摑(つか)まっていて」

麗奈はいきなりアクセルを踏み込み、交差点の信号を無視して急ハンドルで右折する。二台の車は二百メートル先を走っていた。

「急がなくても大丈夫だ。……いや、急いでくれ」

夏樹はアルファのスマートフォンを出して〝TC2I〟を開いたのだが、BMWX4に取り付けたはずのGPS発信機がホテルの位置で停まっているのだ。発信機に気付かれてホテルで捨てられたのだろう。

「頼りないわね」

鼻先で笑った麗奈が次の交差点で右折し、本町通(ほんちょうどお)りに出た。二台の車もスピードを上げ、中津川に架かる木造の上の橋を渡った。

「国道4号かしら?」

麗奈は首を傾げた。国道4号を南に向かえば奥州、一関方面に行ける。盛岡の南端で東に向かえば、宮古に出られるだろう。どちらにせよ、東京に行く可能性はある。国道4号との交差点に差し掛かった。右折すれば、南下できる。

「えっ」

麗奈が声を上げた。二台の車は右折ではなく、左折したのだ。

「そういうことか」

夏樹はホルスターからグロックを抜いた。

「どういうこと?」

麗奈はハンドルを握りしめて尋ねた。

「奴らは逃げているんじゃない。次の交差点で右折したら、距離を詰めてくれ」

夏樹はグロックを左手で握った。

二台の車は一キロ先の交差点で右折した。

「この先は動物霊園に続く狭い山道よ。距離を空けられたらまずいわね」

麗奈は右折し、アクセルを踏んだ。ランドクルーザーのエンジンが唸りを上げる。上り坂にも拘わらず、二台の車との差を詰めた。連中は坂道の途中で車を停めて、夏樹らを向かえ撃つつもりなのだろう。車を停める暇を与えなければいいのだ。

ランドクルーザーのボンネットに火花が散った。銃撃されたのだ。ベンツの左右の後部座席から撃ってきた。

夏樹は助手席の窓を開け、銃を連射した。左右どちらでも正確に銃撃できる。軍人なら利き腕を負傷した想定で練習するが、諜報員の場合はこういう場面で銃を使うためだ。

ベンツの左後部座席の男の腕を撃ち抜いた。右後部座席の男は利き腕でない左手で撃っているせいか、銃弾が当たる気配すらない。

麗奈が車を反対車線に出した。右後部座席の男を撃てということなのだろう。ベンツの助手席に人は乗っていない。右後部座席の男が慌てて銃撃してきた。

「もっと右に寄せろ」

「了解」

麗奈は車を反対車線の外側まで出し、距離を詰めた。

夏樹はベンツの右前輪を撃ち抜く。

前輪がバーストし、ベンツがスピンした。除雪した雪を蹴散らしながら道路から外れ、数メートル下の雪原に突っ込んだ。かなり深くはまり込んだので自力で脱出するのは無理だろう。もっとも、范真毅は乗っていなかった。掛け軸もないということだ。

そのまま放っておけばいい。

「待ってなさい」

麗奈はBMW目掛けて差を縮める。

BMWの左後部座席から男が身を乗り出した。MP7を構えている。

「まずい!」

麗奈が頭を下げてハンドルを右に切った。

無数の銃弾がボンネット、フロントガラスに当たり、左サイドミラーを吹き飛ばした。

「アクセルだ!」

夏樹が叫ぶと同時に麗奈がアクセルを床まで踏んだ。

ランドクルーザーとBMWが並ぶ。右後部座席から別の男が夏樹に銃を向けた。

夏樹はハンドルを握って左に強引に引いた。ランドクルーザーがBMWの横っ腹に激突し、そのままBMWを道から押し出す。BMWは衝撃で斜面を転がり、十メートル下の木にぶつかって止まった。

「乱暴ね」

麗奈は車を停めると、振り返って苦笑した。

夏樹は車を降りると左手にハンドライトを持ち、グロックを抜いて斜面を下りた。

ＢＭＷは逆さまの状態になっている。左フェンダーが凹んでおり、傷跡に白い塗料が付着していた。今できた傷ではない。この車で石神らが乗ったインプレッサＷＲＸに体当たりしたようだ。

「むっ！」

車内を照らした夏樹は、右眉を吊り上げた。運転席と後部座席の二人の男が頭から血を流してぐったりとしているが、范真毅の姿がないのだ。八階でエレベーターに乗ったが、一階の監視カメラの死角となる場所で范真毅は引き返したに違いない。

車内に電話の呼び出し音が響いた。

運転席のジャケットの内側から光っている。夏樹は男のジャケットの内ポケットからスマートフォンを取り出し、通話ボタンをタップした。

――状況を報告しろ。

中国語でどすの利いた声が響いた。

「范真毅か？」

夏樹も低い声を発した。

――何！　誰だ？

范真毅に間違いない。名前を呼ばれてかなり動揺しているようだ。

「六人の部下は殺した」

夏樹は抑揚もなく冷淡に言った。今は生きているだろうが、一時間後には凍死する。結果は同じだ。

——貴様、冷的狂犬だな！

范真毅は強がっているが、声のトーンが高い。

「今からそっちに行く。待っていろ」

——やっ、止めてくれ。頼む！

范真毅が叫ぶように言った。

「命が欲しかったら、掛け軸をフロントで『坂口』宛に預け、チェックアウトしろ。電話は切るなよ」

夏樹は強い口調で命じた。掛け軸と引き換えに命は取らないと言うならば、かなりこちらとしては譲歩している。

——分かった。『坂口』だな。

范真毅は短く答えるとスマートフォンをどこかに置いたらしく、雑音が聞こえてきた。荷物をまとめているのだろう。

「こちら、ボニート。マジックドリル、応答せよ」

夏樹は斜面を上りながら、森本を無線で呼び出した。

——すみません。ターゲットを見逃していました。ホテルを再び監視下に置きます。

森本はこちらの意図を察している。彼も范真毅のマジックに騙されたのだ。

「頼んだ」

夏樹は道路に戻り、ランドクルーザーの助手席に乗り込んだ。麗奈は車をUターンさせて待っていた。

――今からチェックアウトする。

五分ほどして范真毅から連絡が入った。

「妙な真似はするな。仲間が見張っている」

夏樹はアルファのスマートフォンでランドクルーザーの位置情報を確認した。

麗奈は無言でかなり飛ばしている。下り坂ということもあるが、数分でホテルに着けるだろう。

――こちら、マジックドリル。ベータのスマートフォンに監視映像を連動させました。

森本からの連絡だ。彼にはアルファとベータのスマートフォンを調べさせて、使い分けるように指示してある。

ベータのスマートフォンを取り出すと、ホテル内部の監視映像の画面が六分割されて映っている。

部屋を出た范真毅が右手にスーツケースを持ち、左脇に掛け軸を入れた桐の箱を抱えてエレベーターホールに向かった。

夏樹は声を掛けずに、范真毅の行動を見守っている。范真毅は指示に従ってはいるが、油断しているはずだ。

范真毅はエレベーターで一階に下り、フロントの前に立った。今のところ指示通りに動いている。

——ありがとうございました。

フロントマンが范真毅にクレジットカードを返して頭を下げた。

——今、チェックアウトした。

范真毅は憮然(ぶぜん)とした表情でフロントを離れて報告してきた。だが、その左脇に桐の箱が依然としてある。

「死にたいのか！　范真毅。掛け軸を預けろと言っただろう」

夏樹は捲(まく)し立てた。

——えっ！　忘れていました。

范真毅は、立ち止まると周囲を見回した。ホテルの監視カメラで見られているとは思っていないようだ。

「フロントに預ける前に桐の箱の蓋(ふた)を開けて見せろ」

桐の箱に掛け軸が入っているという演技かもしれないのだ。

――はい。

範真毅はフロントの前で桐の箱の蓋を開けた。

「よく見えない。エントランスに向かって掛け軸を出して見せろ」

夏樹は命じた。フロントの後ろとエントランスが映る監視カメラがある。六分割された映像の一つをタッチし、エントランスの映像を拡大させた。

――はい。

範真毅は観念したのか、言われた通りにエントランスに向けて掛け軸を拡げた。掛け軸に表装された緒方の下手くそな水墨画に間違いない。

「いいだろう。桐の箱に仕舞ってフロントに預けろ」

――はい。

範真毅は掛け軸を桐の箱に収めると、フロントのカウンターに載せた。

――『坂口』様宛ですね。承りました。

フロントマンは桐の箱を引き取り、頭を下げた。

範真毅は首を横に振ると、エントランスから出た。

「監視している。忘れるな」

夏樹は監視映像を見ながら通話を終えると、窓からスマートフォンを捨てた。

# 謎の水墨画

## 1

十二月二十四日、午後十一時二十分。

夏樹は小脇に桐の箱を抱え、〝スーペリア盛岡〟を出た。

気温はマイナス四度。曇り空だが、雪が降る様子はない。

玄関前に停まっているランドクルーザーの助手席に乗り、足元に桐の箱を置いた。

「やっと、取り戻したわね」

麗奈はほっと溜息(ためいき)を漏らすと、車を出した。

「これで、振り出しだ」

夏樹は周囲を警戒しながら言った。

范真毅は監視されていると悟って仕方なく掛け軸を諦(あきら)めたが、機会があればまた襲ってくる可能性はあるだろう。油断はできない。

チーム・デビル・マジックに街の監視カメラで范真毅を追跡するように依頼してい

たが、ホテルから出た范真毅が、裏路地に入ったところで見失ったそうだ。おそらく盛岡駅周辺にホテルがいくつかあるので、そこに転がり込んだのだろう。念のために森本に盛岡中のホテルを監視するように命じてある。范真毅を生かしておいたことを後悔したくないのだ。

「それから、県警の警備部には事故があったことは連絡しておいたわよ」

麗奈は澄ました顔で言った。夏樹がホテルに掛け軸を取りに行っている間に連絡したらしい。

「余計なことを」

夏樹はふんと鼻息を漏らした。

「自国の諜報員が銃撃戦の末に凍死したとなれば、中国政府は必ず復讐してくる。それも、国内に駐在する日本人ビジネスマンをあらぬ罪で逮捕し、裁判もなしに重罪にするわよ。それよりも単純な交通事故として処理して救助すれば、本当の理由は分かっていても中国は日本に借りができたことになる。うまくいけば、現在中国で逮捕されている日本人ビジネスマンを解放させる交渉も可能でしょう」

麗奈は得意げに説明した。彼女の言っていることは正論である。中国人は、民間人はもとより政治家に至るまで面子にこだわる。それが個人なら問題ない。だが、面子にこだわる中国政府は他国を見下し、「顔に泥を塗った」と逆上するのだ。

「石神と猪俣を殺害したのは、あいつらだということも報告したか?」

夏樹は麗奈をちらりと見て言った。

「彼らにそれを言っても救助活動はするわよ。すぐに消防隊も駆けつけると思うけど、二台の状況だと救出されるのに一時間はかかるわよ。生存率は三十パーセントね。助かるのは三人がいいところでしょう。一人でも生きていれば、中国の面子を潰さないはずよ。中国を平気で敵に回すあなたとは違うの」

麗奈は冷淡に答えた。

彼女も石神と猪俣の死を受け止めていたようだ。よくよく考えれば、襲撃現場からホテルに戻るのに二十分近く掛かっている。麗奈は通報をわざと遅らせたらしい。その時点で初動が遅れるので、消防隊がすぐ動いても生存率は下がる。彼女は政治的駆け引きも計算した上で行動しているようだ。エリート集団と言われる諜報機関の職員だけに高度な気配りをしているらしい。夏樹にとっては小賢しいと言える。

「くだらん忖度だ。銃を持った中国人だぞ。やつらが外交特権を持っていたとしても、事実を堂々と公表すれば、中国は工作員とは認めずに不良国民だと言い張るだろう。いつも弱気だから馬鹿にされるんだ」

夏樹は鼻先で笑った。中国政府の攻撃的外交スタイルである「戦狼外交」は弱きを挫くことを前提としている。日本は弱者とみなされているのだ。中国政府の面子を潰したのは、任務を失敗した工作員で日本政府ではない。気を遣う必要は一ミリもないのだ。

「確かにくだらないわよ。でも、それを今の政府に求めても仕方がないの」

麗奈が膨れっ面になった。彼女も所詮お役所勤めの役人なのだ。それは彼女自身が一番分かっている。それだけに指摘されると腹が立つのだろう。

「だから、辞めたんだ」

夏樹はそう言うと、腕組みをして目を閉じた。米国従属腰抜け政府について議論するのは不毛である。

一時間四十分後、麗奈はランドクルーザーを〝パークリバーホテル〟の駐車場に着けた。雫石町を抜けてから仙北市への峠越えが降雪のため、思いのほか時間が掛かってしまった。

夏樹と麗奈はカルロスの部屋に直行した。

「ご苦労様です」

カルロスが眠そうな目でドアを開けた。午前一時を過ぎている。

夏樹はカルロスに桐の箱を渡すと、冷蔵庫から缶ビールを二本出し、一本を麗奈に投げ渡した。今の喉の渇きを癒すのは水ではない。

カルロスは掛け軸を桐の箱から出し、壁際に設置してあるハンガーポールに掛けられたS字金具に吊るした。本物が手に入ったことを想定し、ハンガーポールの位置調整を予めしていたらしい。

夏樹と麗奈はベッドに腰を下ろし、ビールを飲みながらカルロスの作業を無言で見守った。掛け軸を取り戻したことで安堵はしているが、謎が解明されないことには喜ぶことはできないのだ。

カルロスは部屋の照明を消しては掛け軸の位置を直している。四度目の修正で水墨画にはっきりとした地図が浮かび上がった。

「できたようだな」

夏樹は立ち上がるとプロジェクターの電源を切り、レンズカバーをスライドさせた。再び電源を入れるとブラックライトが点灯し、掛け軸の水墨画が紫色に輝いた。

「おお！」

カルロスが声を上げた。

「どういうこと？」

立ち上がった麗奈が首を傾げた。水墨画に浮き上がったのは、数字やテキストが記されたまったく違う地図なのだ。

「最初の地図もデコイだったのか」

夏樹は頷くと、口角を上げた。

## 2

午後六時二十分。パリ18区。ジャン・ロベール通り、アパートメント〝赤いドア〟。最上階のオープンスペースでアンナとユリアの二人が、自席で作業をしていた。森本は、三十分ほど前から毛布をかけてソファーで眠っている。彼は徹夜で夏樹のサポートをしていたので、アンナらに仕事を任せて仮眠しているのだ。

「正解分かった？」

アンナは、パーティションで仕切られた隣りの席のユリアに尋ねた。デビル・マジックの公用語は、英語である。たまに議論で興奮して日本語やロシア語やポーランド語が飛び交うこともあった。もっとも夏樹からは、パリに住んでいる以上フランス語を習得するように言われている。

「まだよ。簡単だと思ったのにね」

ユリアは肩を竦めた。

二人は緒方の水墨画にブラックライトで浮かび上がった地図の解析を分担していた。地図を割り出すのにユリアが製作したＡＩを使用している。川や地形などの特徴を抜き出して既存の地形データと照合するのだ。顔認証のようなもので、あえていうのなら地形認証になる。

プロジェクターの地図は比較的簡単に日光市だと分かっている。だが、日光市の地図というだけで、目的地を特定することは出来なかった。

一方ブラックライトで浮かび上がった地図には、数字やテキストも記されているが、位置情報ではないことが分かっただけである。

ユリアはAIで地形と並行して地図上に記載されている暗号と思われるテキストや数字の解析もしていた。ちなみにユリアは自分が製作したAIを〝ディアベル〟と呼んでいる。よほど悪魔という言葉が好きらしい。

アンナは画像加工アプリで、ブラックライトの地図を透過や拡大などの加工をしてAIとは違う角度から調べている。夏樹から画像が届いてから一時間も経っていないが、二人とも早く結果を出したいのだ。

ボスである夏樹からは時間の制限を言われた訳ではない。だが、日本の夜が明けるまでには成果を出したいと思っていた。

アンナは夏樹に命懸けでロシアの政治犯が入れられる刑務所から助けてもらい、今がある。ユリアは夏樹をサポートすることで、世界中で暗躍する敵と闘う確かな手応えを感じていた。その上、何不自由のない生活ができているのは夏樹の資金援助があるからだ。二人とも、夏樹の役に立ちたい一心で働いている。

「ブレイクしない？」

アンナは立ち上がって出入口近くにあるキッチンカウンターの前に立った。カウンターにはコーヒーメーカーが置かれており、近くにダイニングテーブルと森本が寝ているソファーもある。もともとあった部屋のキッチンを改装し、休憩室になっているのだ。

「そうね」

ユリアも席を立つと、キッチンカウンターに並んでいる背の高いカウンターチェアに座った。

「はい。どうぞ」

アンナはコーヒーを注いだ二つのマグカップをキッチンカウンターに載せた。

「あなたは、ボスのことをよく知っているんでしょう？」

ユリアは遠慮がちに尋ねた。ポーランドでは自宅の自室から出ることはなく、ひたすら不正なハッカーと闘うことでハッキングの技術を高めた。そのうちホワイトハッカーとしての腕を見込まれ、ハッキングに悩む個人や企業と契約して金を稼いだ。

だが、いつしかホワイトハッカーといえども金銭目的に過ぎないと思うようになり嫌気がさした。そんな時、彼女は森本とネット上で出会い、彼から世界を救う活動をしないかと誘われたのだ。それが夏樹をサポートすることであった。森本はユリアの活動を長期に亘って観察し、信頼できると判断したようだ。

「ボスはクールだけど、正義感の塊みたいな人よ」

アンナは優しく微笑みながら答えた。彼女の笑顔はいつも屈託がない。

「それは、知っている。だって、あなたを助けるボスをサポートしたのは、私よ。彼の素性を知りたくないの？　会う時はいつだって違う顔をしているんだもん」

ユリアは苦笑した。

「それは、森本に聞けば、分かるんじゃない？　教えてくれればだけどね」

アンナは振り返ってソファーでイビキを掻いて眠る森本を見た。

「あいつは教えてくれないわよ。ただ、素顔はいい男だって。でも、そんなこと聞かされたら余計知りたくなるじゃない」

ユリアも森本を見て、肩を竦めた。

「うっ」

森本が突然毛布を撥ね除けて起き上がった。アンナらの噂話に反応したのかもしれない。

「もう、こんな時間か」

森本は左腕のスマートウォッチの画面をタップした。目覚ましを掛けていたようだ。

「まだ、寝ていていいわよ。解析は進めているから」

ユリアが床に落ちた毛布を拾って森本に渡した。

「夢の中で三つの画像を組み合わせていたんだ」

森本はソファーに座って両手を見つめながら言った。まだ、夢を見ているようだ。

「寝ぼけているの？　緒方の水墨画もプロジェクターでできた地図もデコイよ」

ユリアが森本の顔を覗き込んだ。

「デコイじゃない！　緒方の水墨画にプロジェクターの絵が重なって地図ができたじゃないか。その地図に、さらにブラックライトの地図を重ね合わせるんだよ。すると、まったく違う地図ができるはずだ。重ね絵なんだよ」

森本は熱にうかされたように言った。

「それって、夢の話よね。プロジェクターのレンズとブラックライトは同時に開けることはできないのよ。重ね絵にはならない。それにボスが撮影したブラックライトの写真も重ねたけど、意味はなかったわ」

ユリアは首を横に振り、冷たく言った。

「そんな」

両手で頭を抱えた森本は、肩を落とした。

「大丈夫。ディアベル・AIが、暗号を解析すれば、すべて解決よ」

ユリアは親指を立てて見せた。

アンナがユリアのパソコンのモニターを指差した。〝解析不能〟という文字が表示されているのだ。

「ちょっといい?」

「きっと、何かがまだ足りないのだわ」

ユリアはマグカップを手に自席に戻り、〝解析不能〟という文字を消去した。

「ボスに連絡するよ」

森本は自分のスマートフォンで暗号メールを打った。

十二月二十五日、午前二時四十分。〝パークリバーホテル〟。

夏樹はカルロスの部屋でブラックライトに浮かんだ地図を、椅子に座って見つめている。気になって眠れないので、カルロスには隣りの空いている部屋に移動させた。麗奈は先に寝ると言って夏樹の部屋で休んでいる。雪道の運転で疲れたのだろう。夏樹は移動中に一時間ほど仮眠したので、疲れは取れている。

メールの着信音がした。アルファのスマートフォンを取り出すと、森本から暗号メールが届いている。データが足りないので暗号が解析できないそうだ。

「なるほど」

夏樹はメールを見て頷(うなず)いた。暗号に足りないデータというのなら、キーワードである。地図の右隅に無数のアルファベットと数字が並んでいた。文字と数字は、画像読み込みアプリで抜き出し、ワープロアプリに表示させた。

「言葉遊びをしてみるか」

夏樹は独り言を呟き、テキストを見つめた。

とりあえず、芭蕉の句に含まれる「栗」の文字の「K」、「U」、「R」、「I」を取り除くと、三行の文字列が二行になった。文章にはならないので、アナグラムかもしれないが、テキストの量が多すぎる。

次に「花」の「H」と「A」と「N」を取り除く。やはり、文章にはならない。念のために二つのテキストを森本に解析するように送った。さらに「栗の花」をキーワードにすべく、「K」、「U」、「R」、「I」、「N」、「O」、それに「H」、「A」の八文字を削除し、一行となったテキストも送った。

だが、「381120」六桁の数字はどちらのテキストにも残っている。テキストがアナグラムなら、数字は文字列を変換するための法則かもしれない。3、8と数字は大きくなるが、1が続き小さくなる。

「待てよ。11と20なら、順番だな。だが、何を意味するんだ？」

首を捻りながらも夏樹は数字の可能性を森本あてにメールで送った。立ち上がった夏樹は冷蔵庫から缶ビールを出し、椅子に座って再びスマートフォンを見た。

ているのだ。

「むっ」

三つ目のテキストの三番目と八番目、それと十一番目と二十番目にSの文字が入っ

「これは、……アドレスか？」

夏樹はSの文字の代わりに、「／」を入れてみた。テキストは「／」が入ることにより、インターネットのアドレスに見えるのだ。だとすると、文字列はアナグラムではなく、意味をなさなくても当然だろう。

試しにコピーした文字列をウェブブラウザに添付し、リターンキーをタッチした。ブラウザが反応し、いきなりパスワードを聞いてきた。とりあえず、正解だったらしい。

「まさかとは思うが」

夏樹は「KURI　NO　HANA」と打ち込んだ。すると、サイトが開き、ダウンロードというボタンが出てきた。ダウンロードボタンをタッチすると、〝KARATARO.exe〟というデータがダウンロードされる。緒方の俳号である「奥の辛太郎」からとったのだろう。「.exe」という拡張子ならウィンドウズのアプリということになる。スマートフォンでは開けない。

夏樹は手順を暗号メールで、森本に送った。

十二月二十四日、午後六時四十五分。パリ。

「なんてことだ！　こんな単純なことなのか！」

森本は夏樹から送られてきた暗号メールをみて声を上げた。すぐさま自席のパソコンにアドレスをインプットして〝KARATARO.exe〟をダウンロードし、アプリを開いてみる。

「アンナ！　ユリア！」

森本は二人を大声で呼び寄せた。モニターにプログラムであるコマンドラインが並んだのだ。

「これは、多分、複合化プログラムよ」

アンナはコマンドラインを見て言った。

「私にやらせて」

ユリアが森本の席に座ってキーボードを打ち、複合化プログラムを起動させた。すると、二つの画像を求めてきた。

「やはりね」

にやりとしたユリアは、プロジェクターで出現した地図とブラックライトで現れた地図を入力した。すると、プログラムが反応し、一枚の地図になった。二枚の地図は暗号化された画像で複合化することで、一枚の地図になったらしい。

「これをディアベル・AIにかけて場所を特定するわ」

ユリアは複合化された地図を共用サーバーに送った。自席に戻って作業をするつもりなのだろう。

「その必要はないよ」

森本ができあがった地図を見て大きく頷いた。

3

十二月二十五日、午後四時二十分。台北松山空港。

夏樹はボストンバッグを手に、入国審査の列に麗奈と並んでいた。

「日本を楽しんできましたか？」

審査官はパスポートと夏樹の顔を見比べて尋ねた。事務的に質問したのではなく、羨ましいのだろう。夏樹は、四十八歳の台湾人の呉冠宇という実業家に扮している。

麗奈は夏樹の妻で陳貴媚に成りすましていた。

大曲駅発の秋田新幹線に乗り、東京駅で一旦別れて羽田で合流した。台湾人に成りすますための偽造パスポートがあればの話だったが、麗奈は問題なくやってきたのだ。

彼女が無理ならば一人で来るつもりだったが、さすがに国防局では偽造パスポートをすぐに作成できるようだ。四十代半ばという条件も満たし、それなりの恰好と荷物を用意してきた。台湾は基本的に夫婦別姓なので、苗字が違っても問題ないのだ。

夏樹はブラックライトで表示された地図にある暗号文からネットのアドレスを得て、そこから複合化のアプリのダウンロードに成功した。暗号とは呼べない子供騙しのような組み合わせだったが、高度な暗号という前提で解析していた森本らでは解読できなかっただろう。

森本は二つの地図を複合化して新たにできた地図を早朝に暗号メールで送ってきた。それが台北の地図であったのだ。台湾好きの森本は何度も個人的に台湾旅行をしていたため、地図を見てすぐに分かったらしい。

「夫婦で大雪と温泉を楽しんできましたよ」

夏樹は笑顔で答えた。

「大雪に温泉！　なんとも羨ましい」

審査官は目を丸くし、パスポートを返してきた。

入国審査を終えた二人はタクシーに乗り込んだ。

「『陶朱隠園』まで行ってくれ」

夏樹は台湾語で言った。

「あなたに指示された住所だけど。本当に『陶朱隠園』なの？」

麗奈は小声で尋ねてきた。夏樹の指示に驚いているらしい。夫婦別姓であっても住所が別では怪しまれるので、偽造パスポート用に教えておいたのだ。「陶朱隠園」はパリを拠点にするベルギーの建築家ヴィンセント・カレボーが設計し、日本の熊谷組の現地法人が建設した螺旋構造の高層芸術住宅である。

五年の歳月をかけて二〇一八年七月に完成し、その独特なフォルムから超高層ビルであるＴＡＩＰＥＩ１０１と並んで台北の新しいランドマークになっていた。地上二十一階建て高さ約九十三メートル、一部屋約六百平米、一フロア二部屋全四十戸という超億ションである。それだけに麗奈は偽の住所だと思っているらしい。

ちなみにＴＡＩＰＥＩ１０１は地上百一階建てで、高さは五百九・二メートル、地下五階の超高層ビルである。台湾のシンボルと言ってもいいだろう。

「パスポートに嘘を書いてどうするんだ？」

夏樹は苦笑した。

「だって『陶朱隠園』なのよ」

麗奈はまだ信じていないらしい。

「投資目的で一部屋買っておいた。使ったことはないがな」

夏樹は鼻先で笑った。世界中の首都にパニックルームになる物件を購入している。もっとも、不動産投資にもなるので、それなりに価値がある物件ばかりだ。下手に安い物件では治安の問題もある。隠しておいた銃や金が留守の間に盗まれていては、パニックルームとして使えないのだ。

二十分後、タクシーは信義区の松勇路沿いにある陶朱隠園の正門の前で停まった。夏樹は車から降りると道を渡り、陶朱隠園を通り過ぎた。台湾は朝から雨模様で、今も小雨が降っている。気温は十一度と低いのだが、秋田でマイナス十一度を経験したので防寒具はいらない。

「ちょっと、どこ行くの？」

麗奈はスーツケースを提げて追いかけてくる。

夏樹は路地を渡って近くの〝新的中央大廈〟という高層マンションのエントランスに入った。

「どういうこと？」

麗奈は目を吊り上がらせて尋ねた。

「入国審査を受けたんだぞ」

夏樹はエントランスのセキュリティパッドに右手を翳し、内側のガラスドアを開けた。右手に埋め込んであるＩＣチップでセキュリティロックを解除したのだ。パリの自宅だけでなく、世界中のパニックルームの玄関ドアを開けることができる。

「あっ。そうよね」

麗奈は小さく頷いた。偽造だろうとパスポートに記載されている住所は、入国審査を受けた段階で入国管理局を通じて台湾当局に知られてしまうのだ。それだけで足跡を残すことになる。

エレベーターに乗った夏樹は最上階の十二階で降りると、松勇路に面した角部屋の一二〇八号室に入った。百四十平米の4LDKで、このマンションも億ションである。

「凄い。TAIPEI101を西側に、陶朱隠園が北側に見える」

麗奈が五十平米あるリビングの窓から見える景色を見て喜んでいる。

夏樹は出入口近くにあるコントローラーで、窓のカーテンを閉めた。人が住んでいるかのように毎日自動でカーテンの開閉をさせている。眺めがいいということは狙撃の心配をしなければならない。高層階だからといって油断はできないのだ。

「フリーのエージェントって、こんなに儲かるの?」

麗奈は三十平米あるメインベッドルームを覗きながら尋ねた。

「たいして儲からない。だが、フリーのエージェントで生き残るには金が掛かる。CIAやMI6のエージェントに予算で負けては仕事の質も落ちるからね」

夏樹は、ことも無げに答えた。リビングの片隅にあるバーカウンターに二つのグラスを載せ、ボウモアの十五年ものを注いだ。

「それじゃ、フリーのエージェントであるために、サイドビジネスをしているというの？」

麗奈はバーカウンターの前に立った。

「謀略の世界に身を置きながらも政治に左右されずにフリーであり続けることが、重要なんだ。そうは思わないか？　そもそも血税で贅沢する連中の気が知れない」

夏樹は麗奈にグラスを渡し、自分もグラスを取ると軽く掲げてボウモアを口にした。

「それは理想ね。でもフリーのエージェントって聞こえはいいけど、下手をしたら犯罪者でしょう」

麗奈はボウモアを一口飲んだ。

「エージェントは、犯罪者じゃなくても逮捕される」

夏樹は鼻先で笑った。非合法な情報活動をするから諜報員なのだ。どこの国でも存在するだけで逮捕は覚悟しなければならない。

「ところで、そろそろ台湾に来た理由を教えてくれる？」

麗奈は目を細めて夏樹を睨んだ。緒方の掛け軸の謎を解いたことは教えていない。日本で教えれば、彼女は国防局に報告していた。彼女を信頼できても、国防局を信じるわけにはいかないのだ。

「謎は解けた」

夏樹は複合化した地図を見せた。

## 4

午後五時三十分。台北市松山。

夏樹と麗奈は、八徳路四段（はっとくろよんだん）の松山広場前でタクシーを降りた。

小雨程度で、気温は十度だが、道ゆく人は背中を丸めて歩いている。南国の住民にとって十度というのは、真冬の気温なのだろう。

二人は交差点の横断歩道を渡り、赤い提灯（ちょうちん）をぶら下げてある〝饒河街観光夜市（ぎょうかがいかんこうよいち）〟と書かれた大きな中華門を潜った。

〝饒河街観光夜市〟は台北東部にある台北第二位の夜市で、およそ六百メートルある饒河街に約四百軒の店が軒を連ねている。道の両側には路面店があり、中央には様々な屋台が二列に並んで中央分離帯の役割をしていた。また、路面店の前に屋台がある場所もあり、買い物客や観光客を飽きさせない。

雨天で気温も低く、月曜日だが人出はかなり多い。クリスマスということで、クリスマスの飾り付けをした屋台もあるようだ。もっとも日本ほど馬鹿騒ぎをする様子はない。

複合化した地図は台北市の地図にマーカーがあった。マーカーには〝饒河街観光夜市〟の位置にあり、●の下に横線が描かれている。見ようによっては皿に団子が載っているようにも見えるのだ。

掛け軸の謎を解明したものの、今度は謎の地図である。緒方は、よほど謎解きをさせたいらしい。ここまで来ると揶揄われている気がしてならない。

「これって、お団子の下は皿かお箸に見えるわね。私は二回しか台湾に来たことがないから、夜市の中でと言われても想像がつかないわ。あっ、ちょっと待っていて」

麗奈は屋台や路面店の看板を見て首を傾げたが、いきなり近くの列に並んだ。〝胡椒餅〟の屋台で、夜市でも一番人気と言っても過言ではないだろう。

夏樹は道の端に寄り、周囲を見回した。道の中央を屋台が塞いでいるため、通りは二メートル幅の小道が左右にできていた。右側は東から西に人が移動し、左側はその逆である。人混みでは通りすがりにナイフを使われる可能性もあるため、立ち止まる際は周囲が見渡せる場所にいることが重要である。

「お待たせ。意外と列が短かったわよ」

数分で戻ってきた麗奈は、紙袋に入れられた〝胡椒餅〟を渡してきた。

「ありがとう」

夏樹は素直に受け取った。観光客に見える方が、怪しまれない。麗奈は一見天真爛漫に振る舞っているが、それも計算の内なのだ。彼女は女性の武器を最大限に生かし、優しげな仮面の下に冷徹な諜報員の顔がある。敵にしたらやっかいな存在なのだ。

「熱いから気をつけてね」

麗奈は〝胡椒餅〟に息を吹きかけて頬張った。黒胡椒が利いた豚肉とネギが小麦の皮で包まれて鉄の釜で焼かれるのだ。出来立てを渡されるので、火傷しそうに熱いが美味い。

夜市は飲食関係ばかりではない。衣料品や靴やおもちゃ、アクセサリー、ネイルなど種類も豊富である。

二人は店を物色する振りをしながら西門まで歩いた。だが、ピンとくるような看板やマークは見当たらない。

「引き返すか」

夏樹は左側の道、西門から見れば右側の小道に入った。

「お腹すいたわね。ステーキなんてどう？」

麗奈は「B&B　STEAK　直火炙焼・牛排」という路面店の看板を見て言った。

「牛排」は中国語で牛ステーキのことである。

「夜市に来てステーキか？」

夏樹は雑踏を抜けながら尋ねた。夜市は午前零時前後までやっている。晩飯はいつでも食べられるのだ。せっかくなら台湾名物を食べたい。

「そうね。だったら屋台の臭豆腐（しゅうどうふ）でも食べる？」

麗奈は不機嫌そうに聞き返した。よほどステーキが食べたかったのだろう。

ちなみに「臭豆腐」は野菜などを発酵させて作った液体に豆腐を一日ほど漬け込んで、独特の風味と香りを付けた豆腐である。腐臭も慣れると癖になるというが、夏樹は口にしたことはない。麗奈は嫌味で言ったのだろう。

「うん？」

夏樹は右眉（みぎまゆ）を僅（わず）かに上げると、麗奈の腕を摑（つか）んで引き寄せた。

「どうしたの？」

麗奈は小声で尋ねた。

「一時の方向、下を見ろ」

夏樹は麗奈の耳元で囁（ささや）いた。

「あっ！」

麗奈は口元を押さえた。「水晶算命」と記され、その下に小さな座布団に水晶玉が載せられた絵が描かれた看板がある。まさに水晶玉が●に、座布団が横棒に見えるのだ。

「調べる価値はある」

夏樹はステーキ店近くの看板がある通路に入った。饒河街は四、五階建てのビルが隙間なく建っており、ビルとビルの間には迷路のような通路もある。二人はクランク状の通路の奥へと進み、突き当たりのドアの前で立ち止まった。ドアには「水晶算命」、その下に日本語で「水晶占い」と記されている。

ドアをノックした。

「どうぞ。ノックはいらないと書いてあるでしょう」

ドアの向こうから女性の声がする。確かに小さく書いてあったが、ノックしなければ入りづらい場所なのだ。

「失礼」

夏樹はドアを開けて部屋を覗(のぞ)いた。小さな部屋で中は薄暗く、ミラーボールの怪しげな光が部屋中を駆け巡っている。

「お入りなさい」

部屋の奥でスカーフを被(かぶ)った女性が手招きしている。彼女の前には赤い布が掛けられた小さなテーブルがあり、座布団に載せられた水晶玉が置かれていた。

あまりの怪しさに夏樹は本能的にポケットのグロック26に手を伸ばした。武器はパニックルームであるマンションから持ち出したのだ。

「はい」

麗奈が返事をすると、夏樹の右腕を軽く叩いた。銃はいらないと言いたいのだろうが、グロックを抜くつもりはない。

「夫婦かな。お座りなさい」

女性はテーブル前の椅子を勧めた。テーブルの片隅に「算命先生：張台英。一個願望＝千ＴＷＤ」と記されている。日本語で、「占い師は張台英。一つの願いは、千台湾ドル」ということだ。現レートで四千八百円ほどと、なかなかいい商売をしている。

夏樹と麗奈は折り畳みの椅子に座った。

「あなたたちの未来を水晶で占ってあげる。悩みを言ってごらん」

張台英は夏樹と麗奈を交互に見るとにやりとした。厚化粧をして年齢を誤魔化しているが、七十代前半といったところだろう。

「日本人の緒方について何か知っているか？　私は彼の友人なんだ」

夏樹は台湾語で尋ねた。

「緒方？　知らないねえ。占いじゃないのかい」

張台英は溜息を吐いた。厚化粧のためか表情が分かりにくい。

「ぱっとしない中年の日本人だよ。死んだけどね」

夏樹は砕けた口調で言った。張台英の声が硬く、警戒しているからだ。

「占いに来る日本人は、女性だけだよ。それより、あんたたちの相性を占ってあげる。

生年月日を聞かせておくれ」

張台英は肩を竦(すく)めた。緒方は本名どころか日本人ではなく、中国人か台湾人として彼女と接した可能性はある。彼は内調上がりと聞いているが、公安調査庁前の経歴は知らない。今回の騒動は芝居掛かっているが、暗号の作り方などなかなか手が込んでいる。緒方を事務方だと、侮っていたようだ。

「栗の花、あるいは芭蕉って聞いたことはないか？」

夏樹は続けたが、反応はない。

「後面的辛太郎は？」

麗奈が横合いから尋ねた。「後面的辛太郎」とは「奥の辛太郎」のことである。

「後面的辛太郎！」

張台英は両眼を見開くと、一点を見つめたままテーブルの下から手提金庫を出した。

「どうしたの？」

麗奈は何が起きたか分からず、夏樹と目を合わせた。

「新北州小籠湯包(シンペイヂヨウシアオロンタンパオ)、呂一傑(リュイージェ)、新北州小籠湯包、呂一傑」

張台英はうわ言のように同じ言葉を繰り返しながら手提金庫を開け、中から金属のプレートのキーホルダーが付けられた鍵(かぎ)を出して麗奈に渡してきた。すると、張台英は目を閉じてぐったりとした。金属のプレートには、〝A1102〟と刻まれている。

どこかのロッカーか貸金庫の鍵なのだろう。

「この人、どうしちゃったの？　一体どういうこと？」

麗奈は渡された鍵を手に眉間に皺を寄せた。

「『後面的辛太郎』というキーワードで催眠状態に入るように暗示を掛けられていたんだ。噂では聞いたことがあるが、冷戦時代に諜報機関が使ったマインドコントロールだろう。緒方からのメッセージに違いない」

夏樹は張台英の肩を軽く揺り動かしながら答えた。かなり強い暗示を掛けられているらしい。鍵を使う場所が分かれば、そこが最終的な答えになるはずだ。

「そんなことが可能なの？」

麗奈はバッグに入れようとした鍵を、思い直して胸の谷間に仕舞った。身につけていた方が安全である。

「合成麻酔薬を使って暗示を掛けたそうだ。被験者をキーワードで催眠状態に陥らせ、暗殺などを実行させたと聞く。非人道的だと、各国の合意で根絶されたらしい。人工地震と同じだ」

夏樹は手提金庫をテーブルの下に片付けて、張台英の肩を強く揺さぶった。

「あらやだ。仕事中にうたた寝したのかしら。あなたたちはお客さん？」

張台英は夏樹と麗奈の顔を交互に見た。催眠状態になった前後の記憶がないようだ。

「疲れているようだから、失礼する」

夏樹は笑みを浮かべて席を立った。

## 5

午後六時三十分。

夏樹と麗奈はタクシーに乗り、市民大道高架道路で台北市を西に向かって横断した。忠孝橋で淡水河を渡り、新北市に入る。

張台英が催眠状態で口走った「新北州小籠湯包」というのは、調べたところ新北市にある台湾料理の店で、呂一傑は店のオーナーということが分かったのだ。

タクシーは、三十分ほどで中平路にある牛丼の松屋の前で停まった。タクシーの運転手は新北市のことがよく分からないというので、適当に車を停めたのだ。

「おかしいわね。地図アプリではこの辺のはずだけど、まだ営業中のはずよ」

麗奈は周囲を見回した。片側二車線の通りだが、両端はバイクの駐車帯で狭くなっている。医院や薬局の看板が目立つ。道路を挟んで向かい側は銀行で、ほとんどの店は営業時間外らしくシャッターを下ろしており、飲食店は少ない。そのため、人通りもほとんどないので閑散としている。

「あれじゃないのか？」

夏樹は右手にある消灯された電飾看板の店を指差した。

「本当だ。『新北州小籠湯包』と書いてある。定休日かしら」

麗奈は店のガラスドアの貼り紙を見た。

「三日前に閉店休業している。理由は書いてないな」

貼り紙を見た夏樹は腕組みをして唸った。夜市の占い師は、どこかの鍵を渡してきた。呂一傑という人物からも何か有力な手掛かりを得られるはずだ。

隣りの灯りが消えた薬局から出てきた女性が、ドアの鍵を閉めている。残業していたのだろう。

「ちょっとお尋ねします。『新北州小籠湯包』はどうして閉店したんですか？」

軽く頭を下げた夏樹は、女性に尋ねた。

「店主の呂一傑が、三日前に交通事故に遭って、入院しているんですよ」

女性は麗奈をちらりと見て答えた。彼女を見たことで安心したようだ。

「どこの病院に入院したのか分かりますか？」

夏樹はとっておきの営業スマイルで質問した。

「衛生福利部台北病院だと思います。この近くで事故に遭いましから、間違いないですよ」

女性は自信ありげに答えると、車道のバイク駐車帯に置かれているスクーターに乗って立ち去った。

「アプリでタクシーを呼んだわ」

麗奈は自分のスマートフォンを手に言った。台湾はアプリの配車サービスの利用者が多い。流しのタクシーはぼったくりが多いという事情もあるようだ。

数分でタクシーは現れ、夏樹たちの前で停まった。

「『陶朱隠園』に行ってくれ」

夏樹は先に乗り込むと指示した。

「病院に直行するんじゃないの？」

麗奈は小声で尋ねてきた。

「タクシーで移動するのは面倒だ」

夏樹は簡単に答えた。呂一傑からまた別の場所を指定される可能性もある。その度にタクシーに乗るのは無駄なのだ。

「レンタカーを借りるの？　まさか自分の車があるの？」

麗奈は訝しげな目で見た。

二十数分後、タクシーは陶朱隠園の前で停まった。新的中央大廈の前でタクシーを降りるような馬鹿な真似はしない。

夏樹はマンションの部屋には戻らず、地下駐車場にエレベーターで下りた。駐車場はベンツやBMWやポルシェなど、高級外車ばかりである。ポケットから車のキーを出し、解錠ボタンを押した。

数台先の白のトヨタ・スープラSZがハザードランプを点灯させた。

夏樹は運転席に乗り込んだ。

「ドイツ車じゃないのね」

麗奈は皮肉を言うと、助手席に乗った。

「台湾で日本車のシェアは七十パーセントを超える。ドイツ車は目立つからな」

夏樹は淡々と言った。

「だからと言ってスープラも目立つんじゃない？　ボンドカーなみに機関銃やミサイルでも搭載しているの？」

麗奈は肩を竦めると、シートベルトを締めた。流線形のスポーツカーのデザインや機能が気になるようだ。こだわるのはエンジンの性能と足回りである。

「高級マンションで怪しまれないようにしただけだ」

鼻先で笑った夏樹はアクセルを踏んだ。

二十分後、夏樹はスープラを衛生福利部台北病院の駐車場に停めた。

――こちらマジックドリルです。病院の監視カメラを制圧し、サーバーに侵入しました。呂一傑は五階の病棟にある個室の五〇八号室です。ただし、問題があります。五階の廊下に四人の男がいます。交替で二人が五〇八号室を定期的に確認しています。

森本からの無線連絡である。デビル・マジックは、夏樹らが台湾に到着してからサポート体制に入っていたのだ。

「どういうことだ？　我々の行動が漏れているのか？」

夏樹は、車から降りようとする麗奈の肩を摑んで止めた。

――そうではありません。呂一傑を調べてみたところ、食堂のオーナーというのは表の顔で、本省掛の角頭のようです。廊下を彷徨いているのは、手下でしょう。警察のサーバーを調べたところ、三日前の交通事故というのは、マスコミに流された情報で、本当は外省掛に襲撃されたそうです。歩道を歩いていた呂一傑を護衛の手下ごとトラックが撥ねたらしいです。病院の電子カルテを調べましたが、右足と左腕の骨折と頭部の打撲です。

森本は丁寧に説明した。〝饒河街観光夜市〟から直接病院に向かわなかったのは、自分の車を取りに行くと同時にデビル・マジックに呂一傑のことを調べさせる時間を作るためでもあった。

本省掛とは、台湾の地元の暴力団のことで、角頭はその親分のことである。それに対して、外省掛は、中国大陸から移住してきた暴力団のことだ。現在では本省掛と外省掛は手を組んで台湾の黒社会を構成していた。また、どちらも台湾当局の目を逃れるために、中国本土にビジネスの中心を移していると言われている。

「了解。サンキュー」

夏樹は通話を終えると、麗奈に状況を説明した。緒方も謎解きに使うつもりだった呂一傑が、暴力団の抗争に巻き込まれるとは思っていなかっただろう。

「護衛は銃かナイフを持っているはず、それなりに対処するほかないわね。片付けるのは簡単だけど、その後が面倒だわ」

麗奈は首を横に振った。彼女にもグロック26を渡してある。手下を殺すつもりのようだ。

「血の気が多いな」

夏樹は車を降りるとスープラのバックドアを開け、二重底を開けた。

「えっ」

麗奈は口元を押さえ、夏樹を見た。

トランクにはショットガンやライフルやハンドガンなど様々な武器が隠してあるのだ。

「射程は八メートル。室内ならそれ以上飛ばせる」

夏樹は端に置いてある二丁の拳銃(けんじゅう)を出し、麗奈に一丁渡した。

「これは、〝Wattozz〟ね。実銃を初めて見たわ」

麗奈は目を丸くしている。トルコ製の〝Wattozz〟は遠距離発射型スタンガンで、銃身に二発の発射型電気弾を装填したカートリッジを取り付けて使用する。電気弾の電圧はリモートでコントロールでき、銃身の先端には通常のスタンガンとして使える電極が付いていた。

「二人で二人を倒せば、楽勝ね」

麗奈は呑気なことを言っている。

「行こうか」

夏樹はバックドアを閉め、〝Wattozz〟をズボンの後ろに差し込んだ。

6

午後八時二十分。

マスクで顔を隠した夏樹と麗奈は、病院のER脇の出入口から侵入した。

ERの奥にあるスタッフルームに、迷うことなく入る。この病院の見取図は、森本が事前に手に入れていた。ロッカーをこじ開けると、ネックストラップのIDを首に掛けて白衣を着た。

――緊急事態発生！　護衛の手下が襲われています。

森本が無線連絡してきた。彼は病院の監視カメラを見ているのだ。

「どこから侵入したんだ？」

眉を吊り上げた夏樹は、非常階段を駆け上がった。

――迂闊でした。四階の病棟に潜んでいたようです。

森本は申し訳なさそうに答えた。

階段室から五階フロアに出ると、血みどろの男が二人倒れている。通路の先に二人の男が、ナイフを持った四人の男に襲われていた。二人の男は呂一傑の手下に違いない。

夏樹は駆け寄ると、左側にいる男の脇腹に回し蹴りを叩き込み、側頭蹴りで右側の男を壁まで弾き飛ばした。二人とも肋骨を折ったので、起き上がることはできないだろう。

だが、襲われていた二人の男は腹を押さえて床に倒れた。二人とも複数ヶ所刺されており、腹部からとめどなく血が流れている。

「何！」

反対側にいる二人の男が夏樹に気付き、ナイフを手に襲ってくる。

小さな破裂音がした。

「うう！」

二人の男がナイフを落とし、棒立ちになった。麗奈が背後から電気弾を男たちの首筋に命中させたのだ。通常は足や腹部を狙うものだが、首では衝撃が大きい。男たちは口から泡を吹いて倒れた。容赦のない攻撃だが、肌が露出した部分を狙うのは効果的である。

夏樹は倒れた男たちには目もくれずに病室に入った。左腕と右足に包帯を巻いた中年の男がベッドに横になっている。

「呂一傑だな」

夏樹はベッドに近寄り、尋ねた。

「医者なのか？」

呂一傑は訝しげに夏樹を見た。廊下が騒がしいとは思っていただろうが、事態を飲み込めていないのだろう。

「この病院は危ない。移動するぞ」

夏樹はベッドの近くに折り畳まれた車椅子を広げた。麗奈は呂一傑の点滴を外している。

「待ってくれ。どこに行くんだ。手下はどうした？」

呂一傑は慌てて起き上がった。

夏樹は無言で〝Wattozz〟の先端を呂一傑の胸にあてて電流を流した。

「げっ！」

妙な呻き声を発して呂一傑は気を失った。

夏樹は呂一傑を担いで車椅子に座らせると、麗奈の先導で部屋を出た。

――病室の呼び出しを一斉に掛けました。そのまま裏口から出てください。

森本が無線で指示を出してきた。看護師らが慌ただしく、夏樹らと反対方向に走っていく。夏樹らが看護師と遭遇しないように病院のシステムを利用したようだ。

夏樹と麗奈は裏口に近いエレベーターで一階に下りると、そのまま裏口から出た。

「むっ」

駐車場に出たところで、二人の凶悪な面相の男が立ち塞がった。襲撃者が見張りを駐車場に残していたらしい。

「その男をどこに連れて行く？」

男が麗奈に尋ねた。

「気にしないで」

麗奈は手を振りながら夏樹の前に立った。

夏樹は麗奈の腋の下から〝Wattozz〟を最大電圧で連射し、男たちを倒した。現役時代に使った攻撃テクニックの一つである。彼女はまだ覚えていたようだ。

「この男をどこに連れて行くの？」

麗奈は失神した男たちを満足そうに見て尋ねた。スープラには極端に狭いリアシートはあるが、基本的に二人乗りなのだ。リアシートに無理やり乗せようと思っていたが、呂一傑は小太りなので無理だろう。

「安全な場所だ」

夏樹は二人の男たちのジャケットを探り、車のキーを見つけた。解除キーを押すと、近くの5ドアのジムニーがハザードランプを点滅させた。台湾ではジムニーは人気車種でよく見かける。

念のために呂一傑の両手首を樹脂製の結束バンドで縛った。後部ドアを開けて呂一傑を詰め込むと、車椅子も畳んで載せた。

「付いてきてくれ」

夏樹は自分の車のキーを麗奈に投げ渡した。

「任せて」

麗奈はにやりとし、スープラに勇んで乗り込んだ。車好きの彼女がスープラを皮肉っていたのは、自分が運転したかったからに違いない。

夏樹はジムニーの運転席に座り、車を出した。

到着する前に二十分ほど尾行を確かめるために市内を迂回して、中平路に入る。「新北州小籠湯包」近くにあるビルの地下駐車場に車を入れ、麗奈もスープラをジムニーの隣りに停めた。呂一傑を車椅子に乗せるとエレベーターに乗り込み、一階で降りる。

——すぐ左手のドアを出れば、狭い通路から外に出られます。

森本が道案内してくれる。行く先々の街の状況を調べているのだ。

夏樹は呂一傑を乗せた車椅子を押し、中平路の歩道を進む。

午後九時十五分。この時間に開いている店は、途中で通り過ぎたファミリーマートだけである。「新北州小籠湯包」の前で周囲を見回した。店の脇にある通路を進んで突き当たりのドアの前で立ち止まる。

麗奈は無言で付いてきている。夏樹の意図を分かっているからだろう。久しぶりのコンビだが、打ち合せは必要ない。

ポケットから銃型のピッキングツールを出し、通用口を開けた。その先の通路にゴミ捨て場があり、突き当たりにドアが一つ、左手に二つのドアがある。手前のドアが厨房で、突き当たりのドアは、中庭に出られるようだ。

この辺りは1ブロックごとに開発され、集合住宅の高層ビルに囲まれた中庭がある。中庭から抜けて他の通りに出ることができるのだ。森本に調べさせたが、厨房の隣りにあるドアは部屋か倉庫なのかは分からなかった。

奥のドアを開けてハンドライトで中を照らし、呂一傑を車椅子ごと入れると、部屋の照明のスイッチを入れた。

「やはりな」

夏樹は大きく頷(うなず)いた。食糧倉庫かもしれないと思ったが、三十平米ほどの部屋だった。

手前にソファーがあり、奥に机がある。左手の壁には60インチほどの壁掛けテレビ、右手の壁には店舗内外の監視カメラの映像を映し出すモニターが四台並び、その下に食材の棚があった。また、机の後ろには大きな金庫がある。店と暴力団の事務所を兼ねているのだろう。

夏樹は呂一傑の頬を平手で叩いた。

「……ここは俺の事務所か」

目を覚ました呂一傑が、頭をゆっくりと振った。まだ虚(うつ)ろな目をしているので、電撃ショックの後遺症があるのだろう。

「聞きたいことがある」

夏樹は足首のホルスターから抜いたグロック26を呂一傑に向けて言った。

「おまえたちは医者じゃないのか？」

呂一傑は夏樹と麗奈を交互に見て首を傾げた。銃を突きつけられてもさほど驚く様子はない。これまで、相当な修羅場を潜ってきたのだろう。

「敵ではないと言っておこう。おまえは外省掛の男たちに襲われたんだ。我々はおまえを助けた。生きてここにいることがその証拠だ。護衛していたおまえの手下は全員殺された」

夏樹は冷淡に言った。閉店した店が一番安全と判断して連れてきたのだ。それに自分のパニックルームを使うリスクは避けた。

「本当か」

呂一傑は一瞬目を見開いたが、小さく頷いた。状況は分かったらしい。というか、覚悟していたのだろう。

「質問は面倒よ。キーワードを言いましょう」

麗奈が夏樹の耳元で囁(ささや)いた。

「分かっている。『後面的辛太郎』」

夏樹は例のキーワードを言った。

呂一傑はビクッと背中を仰(の)け反らせた後、立ちあがろうとした。夏樹はナイフで呂一傑の手首の結束バンドを切断し、手を貸して立たせた。瞬(まばた)きもしないで金庫を見つめている。夏樹に手渡すべく重要な資料でも隠し持っているのだろう。

呂一傑は足を引きずりながら机の脇を通り、金庫の前で座り込んだ。金庫の暗証番号を打ち込んで解錠すると、中から一枚のディスクを出した。

ディスクを手に呂一傑は立ち上がろうとするので、夏樹は背後から抱きかかえて立たせた。呂一傑は近くの椅子に座ると、机の上にあるDVDプレーヤーにディスクを入れ、コントローラーのスイッチを入れた。すると、60インチのテレビの電源が入り、呂一傑は目を閉じてぐったりとする。

「何！」

夏樹と麗奈は同時に声を上げた。テレビに緒方が映っているのだ。椅子に座って正面を向いている。ビデオカメラで自撮りしたのだろう。

——この映像が流れているということは、私は死んでいるのだろう。

映像の緒方は、スーツを着ている。背景からして、どこかのホテルなのだろう。少なくとも秋田の実家ではない。

——この映像を見ているのは、037と096のはずだ。少々芝居掛かった演出をしたのは、君らでなければ暗号が解けないようにしたかったからだ。もっとも、君たちに謎解きを楽しんでもらおうという私のサービス精神もあったことは事実である。

緒方は咳払い(せきばら)をして笑った。公安調査庁時代に、ある任務で夏樹は037、麗奈は096というコールサインを使ったことがある。十数年前に一度だけ使われたコールサインを使ったのは、この映像が他人の目に触れる可能性も考えて配慮したようだ。

「人でなし。とんだクリスマスよ」

麗奈が緒方の映像を睨みつけて溜息を漏らした。

――私は二重スパイとして告発されて、収監されるのは予定された行動だった。なぜなら日本の裏切り者という烙印が必要だったからだ。

「何！」

夏樹は右眉を吊り上げた。

――裏切り者になった私は中国の諜報機関からの監視体制から外れ、中国の台湾攻略に深く関わることができるようになった。なぜなら、私は内調時代に台湾で諜報活動をしており、台湾に多くの知人や情報屋を得ていたからだ。占い師の張台英もそうだ。彼女は、政財界の大物を占うほどの占い師なのだ。だから、政財界の裏事情に通じていた。

緒方は公安調査庁とは関係のない高度な使命を帯びていたらしい。ひょっとすると彼に任務を与えたのは、日本の諜報機関でない可能性もあり得る。

「ふうむ」

夏樹は頷いた。すべてを信じる訳にはいかないが、辻褄は合っている。

――張台英から台湾銀行の貸金庫の鍵を渡されたはずだ。金庫には現金も収めてあるが、呂一傑の裏帳簿を記録させたＵＳＢメモリも入っている。それがある限り、呂一傑を自由に使える。

「そういうことね」

麗奈は胸元から鍵を出して頷いた。

――呂一傑は台湾における紅軍工作部の安全的家のオーナーと通じているので、情報を得ることができる。紅軍工作部は台湾侵攻のためにとんでもない計画をしているらしい。呂一傑を使って彼らの計画を阻止することが、君らの使命だ。分かっているとは思うが、誰も信用するな。

安全的家は中国の諜報機関が世界の大都市に配置している武器や情報を得る場所で、時としてパニックルーム的な役割もするので安全的家とされている。夏樹も紅龍として総参謀部第二部の安全的家を使用することがあった。

――呂一傑は私が施したマインドコントロールで催眠状態になっていると思うが、彼が目覚めたら国家安全局の職員だと名乗るのだ。陳名通の指示を受けて接触していると信じ込ませてくれ。彼は国家安全局と取引し、超法規的措置により、裏稼業の不正を免除する代償として諜報活動していると信じている。

国家安全局は台湾の諜報機関で、陳名通はその局長である。緒方はずいぶんと風呂敷を広げたものだ。

――台湾が落ちれば、次は沖縄だ。習近平政権は国内に渦巻く不満を逸らすために、台湾と沖縄はセットで手に入れようとするだろう。そうならないために、台湾侵攻を阻止しなければならないのだ。

緒方は感情を抑えているはずだが、顔が紅潮しているように見える。それだけ中国の動きを恐れているのだろう。

「そうだろうな」

夏樹は相槌を打った。

――話は長くなったが、以上だ。君らに誤解されたまま死んだのは残念だが、それが諜報の世界だと覚悟している。二人とも、くれぐれも気をつけてくれ。呂一傑はこのDVDを見ることができないように暗示をかけてある。視聴後は、このDVDは焼却してくれ。健闘を祈る。

最後に緒方が頭を下げて映像は終わった。死を覚悟していたせいか、別れの挨拶だったようだが実に淡白である。もっとも、緒方が本当に死んだのかという疑問を夏樹は未だに抱いていた。なんとなく騙されているような気がしてならないのだ。

夏樹はプレーヤーからDVDを抜き取ると、部屋を出て厨房に入った。中華鍋を棚から取り出し、DVDを入れると食用油を振りかけて火を点けた。

「緒方さんを誤解していたようね」

麗奈は深い溜息を吐いた。

「死に意味を持たせないことだ」

夏樹は燃え上がるＤＶＤを見つめながら言った。

# 最大の謀略

## 1

十二月二十五日、午後十時四十分。〝新的中央大廈〟。

夏樹は室内の灯り（あか）を消し、台北の夜景を見ながらスコッチウィスキーのグレングラントの十八年ものをショットグラスで飲んでいた。

麗奈は疲れたらしく、シャワーを浴びるとベッドルームに直行している。

新北州小籠湯包から三十分ほど前に帰っていた。催眠状態から覚醒した呂一傑に緒方から言われたように国家安全局の職員だと名乗り、彼に改めて情報屋として働くように確約させた。

一年ほど前、張尉銘（ちょうぃめい）という国家安全局の職員が、呂一傑に接触してきたらしい。緒方がなりすましていたのだろう。呂一傑は国家安全局の監視下に置かれており、いつでも裁判なしで監獄送りにできると脅されたそうだ。

緒方は刑務所を出てからパスポートの発給停止処分が継続されていた。だが、彼なら他人名義の偽造パスポートでいくらでも海外に行くことはできただろう。

呂一傑からは、紅軍工作部の安全的家の情報や協力者のリストを得ている。明日からは、紅龍として活動するつもりだ。

ベータのスマートフォンが鳴った。

「はい」

夏樹は通話ボタンをタップし、スマートフォンを耳に当てた。

——秋田でひと暴れしたと思ったら、台湾か。忙しいのお。

梁羽からの着信ということは分かっていた。

「まだ、温泉に浸かっているんですか？」

夏樹は夜景が見渡せる位置に置いたソファーに座り、傍のサイドデスクにショットグラスを載せた。

——誰かさんのせいで、温泉気分じゃなくなった。近々会うこともあるだろう。今度美味い小籠包をご馳走してもらおうか。

梁羽は低い声で笑った。すでに台湾に来ている可能性もある。ベータのスマートフォンのGPS信号を追ってきたのだろう。彼とは紅龍の身分を保証してもらう代わりに、スマートフォンのGPSを切断しないという約束をしている。

「忙しいので、またの機会にします」

　夏樹は素気なく答えた。梁羽は恩人でもあり師弟関係でもあるが、立場はフィフティ・フィフティだと思っている。

――おまえは金鉱を掘り当てたかもしれない。用心することだ。

　通話は切れた。「金鉱」というのは、緒方の遺した謎の真相という意味だろう。

　今回の騒動は、冷たい狂犬の情報の売買が発端となっている。それは緒方が夏樹に任務を依頼するための作戦だった。

　随分と迷惑な話であるが、緒方から事情を聞かされていたとしても信じなかっただろう。その意味では、必要な狂言だったことは認めざるを得ない。梁羽も秋田の出来事は序章に過ぎないことに気付いたに違いない。

「私も飲みたい」

　ガウン姿の麗奈がベッドルームから出てきた。

「眠っていたんじゃないのか？」

　夏樹は立ち上がると、自分のグラスをカウンターに載せ、ガラスの棚からショットグラスを出して並べた。

「本部からメールが入ったの」

　麗奈は夏樹の横に立った。ガウンの下は裸である。諜報員ならいつでも行動できるような服装で眠るものだが、彼女は基本的に裸で眠るのだ。

襲撃された際にガウンだけ着て、敵の面前で裸になれば敵は油断する。枕やシーツの下に隠してある武器で反撃するというのが彼女のやり方だ。あざといと言えばそれまでだが、機先を制するという意味では実に効果的である。もっとも、それは夏樹がそう思っているだけで、彼女は裸で眠るのが好きという単純な理由かもしれない。

夏樹は二つのグラスにグレングラントを充した。

「DNA鑑定の結果が来たわ」

グラスを取った麗奈は、グレングラントを口に含んで言った。緒方の遺体から採取した検体を彼女に任せていたのだ。

「間違いなかったんだな」

夏樹は麗奈の表情を見て頷いた。

「どこかで生きていると信じたかったけど、残念ね」

麗奈はカウンターに肘を突き、溜息を漏らした。彼女も緒方は生きていると思っていたらしい。裏切り者として公安調査庁を懲戒免職になったが、上司としては決して悪い人間ではなかった。むしろ、彼が汚名を受けることで新たな任務に就いたと言うのなら、信念の持ち主であり、諜報員として尊敬できる。

「そうだな」

夏樹はぼそりと答えた。

「二人で改めて弔いましょう。でも、スコッチじゃないわね」

麗奈がにこりとした。カウンターの棚にはスコッチとバーボンの名酒がずらりと並んでいるが、その気分ではないということだ。

「そうきたか」

夏樹は苦笑すると、冷蔵庫からシャンパンのルイ・ロデレールの二〇一四年ものと冷やしてあったフルートグラスを出した。麗奈はちゃっかりと冷蔵庫を覗いたのだろう。彼女のためというわけでなく、三ヶ月ほど前台湾に立ち寄った際に冷やしておいたのだ。シャンパンは気分転換になるため、どこの国のパニックルームにも用意してある。

「シャンパンを常備しているのも、フリーのエージェントの心構え？」

麗奈はソファーに腰掛け、足を組んだ。

「必須条件だ」

夏樹はルイ・ロデレールのコルク栓を天井に勢いよく飛ばし、二つのグラスに注ぐ。先ほどまでの鬱屈した気分が、コルク栓と共に抜けていった。グラスに注ぐシャンパンの細かな泡とともに頭の片隅に残った怒りが弾けて消える。シャンパンのコルク栓を静かに抜いてはいけない。

「緒方さんの冥福を祈って。それと、メリークリスマス」

麗奈がグラスを掲げた。

「ああ」

頷いた夏樹は、麗奈のグラスに自分のグラスを軽く当てた。

2

十二月二十六日、午前九時。台北市。

スーツを着た夏樹は、台北市中心部を通る復興北路でタクシーを降りた。

気温は朝から十五度と高く、いい天気である。

周囲をさりげなく見回し、通りを南に向かって歩く。昨夜とは違って、年齢は五十代前半、黒髪で目つきの鋭い風貌に変えている。中国人の紅龍に扮する際によく使う顔で、一癖ある雰囲気は死んだ本物の紅龍の顔をベースにしているからだ。

交差点を右に曲がり、南京東路三段に入る。数軒先にある〝上海凱旋楼〟というレストランに入った。出入口の自動ドアは掃除のためか、開放されている。

「営業時間は十時からだよ」

床をモップで掃除していた女性従業員が、出入口に佇む夏樹を咎めた。

「FZ北京保険の者だ」

夏樹は気にせずに言った。総参謀部・第二部第三処の諜報員だという合言葉である。

「はっ、はい。少々お待ちください」

女性従業員は、モップを壁に立てかけると急足で奥に入って行った。

南京東路三段は十階以上の高層オフィスビルが立ち並び、一階は銀行やレストランや茶屋などが入る商業エリアである。

〝上海凱旋楼〟は、周囲の店舗とさほど変わらない中堅の店構えで、名物店ではないが、近隣の住人やサラリーマンが常連という手堅い商売をしていた。

先ほどの従業員が体格の良い男を連れてくると、出入口の自動ドアを閉じた。

「お待たせしました。当店の支配人武超（ぶちょう）と申します。当店では、お客さまに対応ができかねますが」

武超は戸惑っている。総参謀部の安全的家ではないと言いたいのだろう。

安全的家は設置される国によっては諜報機関に関係なく利用できるが、中国政府が重要国と定めている国には情報機関によって個別の安全的家を使うことになっている。組織によって任務が違うため、他の機関への情報の漏洩（ろうえい）を防ぐためだ。

呂一傑から〝上海凱旋楼〟のオーナーは、彼の知人である郭建成（かくけんせい）という人物と聞いている。武超は二年前に紅軍工作部から派遣された軍人で支配人に収まっていた。郭建成は実質のオーナーにもかかわらず、武超が我が物顔で店を仕切るため、面白くないそうだ。呂一傑は郭建成からの愚痴を聞くことで、情報を得ているらしい。

「分かっている。だが、〝北京菜飯〟のオーナーが、昨夜心臓発作で緊急入院したのだ。そのため、〝北京菜飯〟が閉鎖されている。調べれば分かることだ」

夏樹は表情もなく答えた。〝北京菜飯〟は台北にある総参謀部の安全的家である。梁羽から命令すればいいのだが、仮病ではいずれはばれる。そのため、昨夜、〝北京菜飯〟のオーナーである陳俊中の家に忍び込み、心臓発作を起こす抗不整脈薬を就寝中の陳俊中に投与したのだ。

陳俊中は以前抗不整脈薬の副作用で心臓発作を起こした。森本が陳俊中の通院している病院のカルテを調べたのだ。陳俊中が発作を起こす時間を想定し、救急車を呼んでいたので事なきを得ている。

「いえ、存じ上げておりません。失礼ですが、ここの存在は極秘なのにどこから情報を得たのですか?」

武超は目を細めて尋ねた。他の機関の安全的家の情報は、存在すら極秘になっている。特に〝上海凱旋楼〟は紅軍工作部の安全的家のため、極秘中の極秘扱いなのだ。

「自慢じゃないが、私はトップエージェントだ。私の情報力を疑わないことだ。違う機関の安全的家は原則として使わないことになっている。だが、それは法律で決められた訳ではないし、緊急事態は別だ」

　夏樹は右口角を上げた。

「はあ。確かに。しかし、もし、他の機関の方が使ったとなれば、私が咎められます」

　武超は鼻白んだ。

「ここ台湾は、我が国の領土であり、敵地でもある。そんな場所だからこそ、同志である私に手を貸すのは当然だろう。そもそも、私が来たことなど報告しなければいい。武器を融通するぐらい問題ないだろう。それとも総参謀部を敵に回す気か？」

　夏樹は終始命令口調で言った。下手に弱腰では押し切られてしまうからだ。

「確かに。それでは、今回に限り、特別ということでお願いします。ＩＤコードを教えてください」

　武超は渋々自分のスマートフォンを出して言った。スマートフォンでＩＤコードと声紋チェックを同時にするのだ。中国の諜報機関の技術は日進月歩している。宇宙開発に関しても、独自の宇宙ステーションを建設しているように、国力を背景に軍事、諜報に膨大な資金を投入しているのだ。

「６３４９７３１」

　夏樹はスマートフォンに向かって答えた。本物の紅龍の記録は、中国のあらゆる組織の情報を夏樹のものと差し替えているので心配することはない。ＩＤコードは、緊急時の無線や電話以外は、網膜認証、掌認証、指紋認証、あるいは声紋認証のいずれかとセットでなければ認証されない。

——紅龍先生。確認しました。こちらへ。

スマートフォンを見て頷いた武超は、夏樹を店の奥へと案内した。厨房を抜けて裏口から通路に出ると、非常階段で二階に上がった。

「どうぞ」

武超は店の上階にある東亜盟友公司という看板があるドアを開けた。

四十平米ほどの部屋にノートPCが載せられたデスクが四つあり、その一つに店の従業員とは別の女性がノートPCに向かって仕事をしている。右手に天井まであるスチールロッカーが並んでいた。監視カメラは天井に二台あり、部屋に死角はほとんどないようだ。

「ここは表向き貿易商社という形を取っております。どうぞ、お掛けください」

武超は出入口に近い壁際のソファーを勧めた。

夏樹はソファーに座ると、足を組んだ。

「サプレッサー付きのグロックが欲しい」

「了解しました。予備の銃弾とマガジンもご用意いたします。少々お待ちください」

武超は左手にあるドアの向こうに消えた。ドアには取手がなく、壁と判別がつかない。隠し部屋に武器庫があるようだ。

夏樹はポケットからベータのスマートフォンを出した。

女性従業員が夏樹をちらちらと見ながら仕事を続けている。ソファーでくつろぐ夏樹をさりげなく監視しているのだろう。

「お待たせしました。ご確認ください」

武超が小さな樹脂製のアタッシェケースを手に戻ってくると、ソファーの前のテーブルの上に載せた。

夏樹はアタッシェケースを開き、マガジンがない状態でグロックの動作を確かめると、銃弾入りのマガジンを装塡(そうてん)した。

「これでよろしいでしょうか？」

武超は上目遣いで尋ねた。

「面倒を掛けた」

大きく頷いた夏樹はアタッシェケースを閉じると、立ち上がった。

「任務が達成されることを祈ります」

武超は店の出入口まで夏樹を見送った。親切や丁寧というわけではなく、単に夏樹を警戒してのことだろう。

夏樹は南京東路三段を西に向かって歩き、走ってきたタクシーを停めて乗り込んだ。

「台北福華大飯店(ザ・ハワードプラザホテル)に行ってくれ」

夏樹は、二キロほど南の仁愛路三段と復興南路一段との交差点角にあるホテルを指定した。ホテルの駐車場に麗奈がスープラで待っている。乗り込む際に人目につかないようにすることもあるが、アタッシェケースにはGPS発信機が仕込まれているので、処分するのだ。店を出てすぐに盗聴盗撮器の有無を確認している。ベテランの諜報員にGPS発信機を取り付けるとは、舐められたものだ。

数分後、台北福華大飯店に到着すると、夏樹はラウンジを通り抜けてスタッフ用の通路を進み、業務用のゴミ箱にアタッシェケースを捨てると裏口から出た。銃や弾薬は、タクシーで移動中にケースから出してポケットに移してある。銃は安全的家に入るための口実だったが、捨てる必要はない。

ホテルの裏側にある駐車場に出ると、スープラが目の前に停まる。夏樹はさりげなく助手席に乗り込んだ。

「どう?」

麗奈は表情も変えずに車を出した。

「三人分取れた」

夏樹はスマートフォンで確認した。〝上海凱旋楼〟で見かけた武超を含めた三人の従業員のスマートフォンとペアリングしたのだ。ペアリングしたデータは、自動的にパリのデビル・マジックに送られる。彼らはすぐさま解析をはじめ、三人のスマートフォンから関係者や紅軍工作部の動きを洗い出すのだ。

「楽しみね」

麗奈はホテルの敷地から出ると復興南路一段を右折した。

3

午後十時二十分。台北市。

ライダースーツを着た夏樹は、250ccのヤマハ・YZF－R25に乗り、快速公路の台64線を走っていた。バックミラーを見ると、すぐ後ろを麗奈のヤマハのMT－25が付いてくる。バイクに乗るのは久しぶりらしいが、台北市内を抜けたら動きが良くなった。勘が戻ったのだろう。

台湾は世界で最もバイクが普及している国と言っても過言ではない。人口約二千三百万人に対し、二輪車の保有台数が約千四百万台というから二人に一人は所有している計算になる。台湾のバイクメーカーもシェアを拡大しており、日本ブランドであるヤマハとトップ争いをしていた。スクータータイプが多いが、スポーツタイプのオンロードバイクやオフロードバイクもよく見かける。

二人の目的地は新北市の台北港で台北市内から二十キロ以上離れており、地方都市ではスープラは目立つのでバイクでの移動にしたのだ。そのため、二人は武器や機材を入れたバックパックを背負っている。

気温は十五度。ツーリングには最適といえる。

〝上海凱旋楼〟の三人のスマートフォンをペアリングし、デビル・マジックが総力を上げて解析を行った。店の従業員として働いていた女性と二階の貿易商社で働いていた女性のスマートフォンからは特に怪しむべき情報は得られていない。

だが、武超のスマートフォンの通信記録を調べると、この一ヶ月間で頻繁に同じ電話番号との通話やメールの記録があった。また、二人の女性と違って暗号メールも大量に保存されており、デビル・マジックは複合化にも成功している。

通話記録があった電話番号は送受信された複数の通信局から位置を特定していた。発信源は台北港近くにある今は使われなくなった水産加工業者の倉庫だと分かっている。また、武超に届いた三週間前の暗号メールには緒方という名前が、記載されていた。彼の所有物を処分するという内容だった。三週間前に緒方は台湾に来ていたのかもしれない。

正面に新北市のビル群の夜景が見えてきた。側道に入って六百メートルほど進み、一般道に出る。快速公路の高架下の道路を進むと、工事用のフェンスに囲まれた一角になった。

「右手がターゲットだ」

夏樹はヘルメットに装着されている無線機で麗奈に話しかけた。二人ともフルフェイスのヘルメットを被(かぶ)っている。

――了解。この辺を一周しましょう。

麗奈は楽しげに返事をした。

二人は百メートルほど先の交差点を右折すると、交差点ごとに右折して高架下の道に戻り、再び水産加工業者の倉庫を通り過ぎた。

夏樹は次の角を曲がってその先の角を過ぎたところでバイクを停めた。

水産加工業者の敷地の裏はマンションの工事現場になっている。工事車両用のゲートは高さが百五十センチほどの伸縮式の可動門で仕切られていた。

バイクを降りた夏樹は可動門の裏側に手を伸ばし、かんぬきを外して門を開けた。

麗奈が先にバイクを敷地内に入れ、夏樹もバイクで乗り入れて門を閉じた。革手袋をしているので、指紋を残す心配はない。

バイクを停めた夏樹は、ヘルメットを脱いでハンドルに掛けた。すでにバラクラバを被っている。バックパックを下ろし、中から暗視スコープと小型ビデオカメラ、それに無線機を装着したヘッドセットを身につける。麗奈もヘルメットを脱ぎ、同じ装備をした。

「こちら、ボニート。マジックドリルどうぞ」

夏樹は無線機の電源を入れて森本を呼び出した。無線機は麗奈だけでなく、同時にIP無線機を通じて森本と繋がっている。

――マジックドリルです。感度良好。

少しテンポが遅れて森本が返事をした。ヘッドセットの小型ビデオカメラは、前後を同時に撮影し、ベータのスマートフォンのWi-Fiを通じて森本らデビル・マジックに映像を送信する。敵は大勢いる可能性があるので、チームで夏樹と麗奈をサポートするのだ。

二人は暗闇の工事現場に入った。建設資材が落ちていたり、むき出しの鉄骨がコンクリートの床から突き出ていたりと足元はかなり危険である。工事現場を通り抜け、突き当たりのフェンスに辿り着いた。フェンスの向こうが水産加工業者の敷地である。

夏樹は、積み上げられた建築資材に上ってフェンス越しに水産加工業者の敷地を覗いた。四百坪ほどの敷地は南北に長く、百五十坪ほどの倉庫は東側にある工事現場側の南寄りにあった。

「……？」

夏樹は首を傾げた。倉庫から男が現れたのだが、アジア系ではないのだ。しかも、肩からAK74を担いでいる。

「急げ！」

男がロシア語で倉庫に向かって手を振った。すると、倉庫のシャッターが開き、ヘッドライトを点灯させた大型トラックが現れた。

夏樹は暗視スコープを上げると、サプレッサー付きのグロック19で右前輪を撃ち抜く。トラックは、数メートル進んで車体が傾いて止まった。

「何をしているんだ！」

トラックを誘導していた男は、運転席に駆け寄った。

夏樹はグロックをヒップホルスターに仕舞うと、フェンスを音もなく飛び越えた。麗奈にフェンス際で援護を頼んである。彼女にもサプレッサーと暗視スコープ付きのサブマシンガンMP7A2を渡してある。バイクでの移動だけにサプレッサーを除いて全長二百十二ミリというコンパクトサイズを選んだのだ。

夏樹は倉庫の壁に沿って出入口まで近付き、中を覗いた。人影はない。

「パンクだ。タイヤ交換をしろ」

男は、パンクしたタイヤをハンドライトで照らしながらロシア語で喚いている。

夏樹はベルトの前に差し込んである〝Wattozz〟を抜くと、左前輪を覗いている男の首筋に先端を当てて電流を流した。

「うっ！」

男が低い呻き声を上げて倒れた。

すかさず運転席のドアを開け、運転手に電気弾を喰らわせる。

「荷台は空よ」

トラックの背後に回った麗奈は、バックドアを開けて中を確認した。


午後三時五十分。パリ。

森本とアンナとユリアの三人は、六階オープンスペース中央にある60インチディスプレーの画面を固唾を呑んで見つめていた。

画面は四分割されており、右半分は夏樹のヘッドセットの小型ビデオカメラが映し出す前後の風景である。左半分は麗奈のビデオカメラの映像だ。

「どういうことだ？　たったの二人？　しかも、こいつらロシア人か？　紅軍工作部の工作員が小隊規模で詰めていると思ったのに」

森本はアジトの場所を特定できたことを内心喜んでいたが、敵がたった二人ということで困惑しているのだ。しかも夏樹らが倒したのは中国人ではなく、ロシア語を話す白人というのなら、間違いなくロシア人だろう。

「あの男、どこかで見たことがある」

首を捻っていたアンナが自席に戻り、パソコンのキーボードを打ち始めた。

「えっ。本当？」

ユリアがアンナの背後に立って彼女のパソコンの画面を見た。アンナは夏樹の小型ビデオカメラに映し出された映像から男の顔を抜き出し、顔認証をかけている。

「ロシア人ならロシアの工作員という可能性もあるだろうけど」

森本は映像を見つめながら首を傾げた。すぐに見つけることは困難だろうと言いたげである。

「大丈夫、絞り込んであるから」

アンナは顔認証ソフトの条件を絞り込んで検索をはじめた。画面上に様々な顔写真が表示されては消えていく。

一分ほどで、画面の顔写真が止まり、「ＭＡＴＣＨ！」と表示された。

「見つけたわ！」

アンナが右手を上げて歓声を上げた。

「君から、ボスに報告してくれ」

森本は60インチ画面を見つめたまま命じた。

# 4

午後十時五十四分。新北市。

夏樹は〝Wattozz〟で失神させた二人の男を樹脂製の結束バンドで縛り上げ、倉庫の中を調べていた。

広い倉庫の出入口近くにプレハブ小屋があり、奥には冷凍室があった。倉庫の中は木箱などが散乱しているが、埃を被っているので長い間使われていなかったのだろう。だが、黒いＢＭＷが一台停めてある。

プレハブ小屋の調査は麗奈に任せ、夏樹は暗視スコープを装着してグロック19を握り、その他の場所を調べている。残党がどこかに隠れている可能性があるからだ。

冷凍室の奥にドアがある。暗視スコープでなければ、気付くことはなかっただろう。ドアがいきなり開き、二人の男がＡＫ74の銃口を向けてきた。

夏樹は手前の男の銃口を摑んで引き寄せながら奥の男の眉間を撃ち、すかさず手前の男の腹に三発銃弾を撃ち込んで倒した。夏樹が暗視スコープを使っているとも知らずに、暗闇を利用したつもりだったのだろう。彼らが出てきたドアを調べると、発電装置がある小部屋だった。

「うん？」

夏樹は冷凍室の電源が入っていることに気付き、眉を吊り上げた。

「こちら、ボニート。スコーピオン。冷凍室の中を調べる。すぐに来てくれ」

夏樹は麗奈を無線で呼び出した。

スコーピオンは、彼女のお気に入りのコールサインらしい。彼女を呼んだのは冷凍室の中を調べている最中に、ドアを外から閉じられたら笑い話にもならないからだ。

――了解。向かいます。

麗奈は応答後、すぐに現れた。倒れている二人の男を見ても眉一つ動かさない。彼女はMP7A2を構えて夏樹の背後に立った。

夏樹はグロックを握ると、左手で冷凍室のドアを僅かに開けた。白い冷気と光が漏れてくる。暗視スコープを上げると、ドアを全開にした。

冷凍室に入り、グロックをホルスターに仕舞った。部屋の中央にビニール袋に入れられた二つの死体がある。死んでいることは、髪に霜が付いているので疑うまでもなかった。二人ともスーツを着ており、右胸を銃で撃たれたのか、血の染みになっている。凍っているので、死後硬直の具合も分からない。いつ死んだのか調べようがないということである。

「むっ」

夏樹は死体の横の床に敷かれているブルーシートを剝ぎ取り、眉間に皺を寄せた。床が焦げているのだ。冷凍室で火を使うことなどありえない。

「ひょっとして……」

考えられることは緒方がここで殺されて燃やされたということだろう。死体は冷凍されて日本に運ばれ、緒方の実家近くの河原に遺棄されたと考えれば辻褄は合う。十二月四日に、日本の〝海外派出所〟に『コウモリから情報を得られず』という暗号メッセージが届いていることを公安調査庁は解明している。だが、それは、暗号メールが解読されることを前提に緒方の死亡時刻を偽装するためだったに違いない。

「何か分かった？」

ドアを体で押さえて銃を構える麗奈は、声を掛けてきた。夏樹が考え込んでいることに不審を覚えたのだろう。

「なんでもない。死体を調べる」

あえて麗奈には床の焦げ跡のことは口にしなかった。確証なく口にするべきではないからだ。タクティカルナイフでビニール袋を切り裂き、死体の顔を出した。一人は白人で、もう一人は東洋系の顔をしている。

「マジックドリル。ちゃんと顔が映ったか？」

夏樹は二つの死体を確認すると、森本に尋ねた。

――すぐ顔認証にかけます。それから、ロマーシカから報告があります。

ロマーシカとはロシア語で「カモミール」のことで、アンナのコールサインである。

――ロマーシカです。最初に失神させた二人の男のうち一人が特定できました。……

……暗号メールで詳細を送ります。

アンナは言葉を一旦切った。口頭で伝えるのに戸惑っているのだろう。

「急いでいる。身元を教えてくれ」

無線はスクランブルが掛けられている。それでもハッキングされる可能性はあるが、今は心配している場合ではない。

――29155部隊、エフゲフ・イワノフ大尉です。彼は中国語と台湾語が堪能です。以前、資料で見たことがあったのです。

アンナは早口で答えた。FSBの資料で見たことがあるのだろう。

29155部隊とは、ロシア連邦軍参謀本部情報総局下の特殊部隊のことである。二〇一五年のブルガリア人武器商人エミリアン・ゲブレフ暗殺未遂事件、二〇一六年にはモンテネグロのNATO加盟を妨害するためのクーデター未遂事件など、これまでロシアの利になるような謀略に関与していたと言われている。

「29155部隊！」

両眼を見開いた夏樹は冷凍室を出ると、走ってプレハブ小屋に入った。

「壁に掲示されている資料は中国の台湾に関するニュースばかり。机とロッカーには爆弾と起爆装置。テロリストのアジトみたいね」

追いかけてきた麗奈が、出入口で腕組みして言った。資料とは主に新聞の切り抜きで、中国政府の台湾に対する主張を集めたもので、台湾は我が領土という内容のものばかりである。

「一見中国の工作員が集めた資料に見えるが、工作員はこんな資料を集めるようなことはしない。外のトラックはここにある資料や机を積んできたのだろう。アジトを偽装したということだ。だが、紅軍工作部の狙いはここだけじゃないはずだ」

夏樹は壁に張り出されている新聞の切り抜きや写真を見て言った。

「私も変だと思うけど、台湾の警察がここを見つけたら大変なことになるわよ」

麗奈は肩を竦めた。

――マジックドリルです。大変です。さきほどの死体の身元が分かりました。二人とも米国在台湾協会の職員です。三週間前から車と共に行方不明になっていました。

森本は慌てた様子で無線を入れてきた。米国在台湾協会は実質的に台湾での米国大使館の役割をしている。

「本当か！」

夏樹は壁の資料を隈無く調べた。倉庫内のＢＭＷは職員の車だろう。

「どうしたの？」

麗奈は夏樹の様子に驚いて尋ねてきた。

「さっきの二人の死体は、米国在台湾協会の職員だ。あの二人は冷凍状態だ。もし、解凍されて中国の息の掛かった警察官が踏み込んだらどうなると思う？　おそらく、銃撃戦の末に、警察はテロリストを射殺したと報告するだろう」

夏樹は壁の資料だけでなく、壁際の机の上に置かれた資料も調べた。

「死体の身元を調べられたら、中国を陥れるために企てた米国の陰謀ということになるわけ？　爆薬はセムテックスだし、起爆装置も本物だから、米国も慌てるでしょうね」

麗奈は首を横に振った。セムテックスは高性能プラスチック爆弾の一種で、入手が簡単なことから「テロリストのC4」とさえ呼ばれている。

「偽アジトだけじゃ、なさそうだ」

夏樹は机の上に置かれた資料の中から図面を出して広げた。

「これって、TAIPEI101の設計図じゃない！」

麗奈は驚きの声を上げた。

「図面をよく見ろ」

夏樹は図面の九十二階と八十七階を指先で叩いた。チェックマークがあるのだ。

「これって、ウインドダンパーと関係あるんじゃない?」

麗奈は目を見開いた。TAIPEI101のウインドダンパーと呼ばれているチューンド・マス・ダンパーは、耐震、耐風制振構造のための直径五・五メートル、重量六百五十トンの球体のことである。TAIPEI101は地震だけでなく台風の強風にも耐えられる構造になっているのだ。

「巨大な球体を九十二階からスチールケーブルを束ねた四本のケーブルで吊っている。ケーブルのジョイントを爆弾ですべて破壊し、同時に球体を支えているサスペンション装置を八十七階ごと爆破すれば、球体は下の階を破壊しながら落下するだろう。チェックマークは爆弾を仕掛ける場所だ」

衝撃で巨大な球体は八十七階より下の階を最低でも数階破壊するだろう。制振構造を失ったビルは修復不能となり、遅かれ早かれ台風で倒壊する。たとえ倒壊しなくても、台北の一等地に出現した巨大な廃墟が台湾経済に大打撃を与えることは間違いないだろう。

「台北のシンボルの破壊が中国の攻撃に見せかけた米国の謀略とされれば、大変なことになるわよ。台湾市民は一挙に反米になり、親中国派の独壇場になる。中国は軍事的な侵攻をしなくても台湾を手に入れることができるという魂胆よ」

舌打ちをした麗奈は、謀略の全容が分かったらしい。

「TAIPEI101に行くぞ」

夏樹は図面を手に走った。

5

午後十一時五分。

夏樹と麗奈は台北市内に向かって台64線から中興路二段のジャンクションで新五路二段を経由し、国道1号・中山高速公路に入った。

――マジックドリルです。イワノフのスマートフォンの通信記録を調べたところ、新北市の警察署に勤務するコウ・ケイテツ巡査部長と頻繁に連絡を取り合っていました。ケイテツのチームが倉庫に突入する予定だったのでしょう。

移動中も森本から報告が上がってくる。

倉庫を出る直前にイワノフのスマートフォンとペアリングし、森本に解析を依頼していたのだ。

冷凍室の死体は、米国在台湾協会職員であるジェームス・ディアスと中国系のトニー・ヤンだったが、その後の調べでディアスはCIAの台湾在住職員ということも分かっている。また、倉庫のBMWは、ディアス所有の車であった。

習近平は台湾の周辺海峡に軍艦を配備するなど台湾侵攻を匂わせる強気の姿勢を崩さない。だが、台湾国民のみならず米国をはじめとした世界先進国の反発を強めて中国は孤立している。台湾侵攻を実施すれば、世界を敵に回すことは確実だ。

　また、中国はロシアのウクライナ侵攻で、ロシアが思わぬ反抗を受けていることも承知しているはずである。そのため強気の姿勢を崩さずに、一方で台湾自ら中国になびく謀略を企てたようだ。ロシアの謀略専門の部隊に知恵を借りたのなら理解できる。今やロシアは中国の手下のような存在ということも考えれば、ロシアが進んで計画を提案した可能性もあるだろう。

　緒方は最終的な計画までは察知していなかったのだろうが、台湾に潜伏する紅軍工作部の動きが怪しいと睨んでいたのだ。彼の長年の台湾に腰を据えた諜報活動が実を結んだらしい。

　淡水河を渡って台北市に入った。
台北松山空港の北端に沿って浜江街を進み、そのまま台北市を縦断する形で基隆路一段に入った。

　午後十一時二十二分。台北港の倉庫から二十数分でここまできている。

　倉庫のプレハブ小屋で見つけたＴＡＩＰＥＩ１０１の設計図には、「コングラチュレーション／２３５９５０」と記されていた。日付が変わる直前の午後十一時五十九分五十秒に、ＴＡＩＰＥＩ１０１を爆破させるつもりだろう。

基隆路一段から左折し、次の交差点で右折して松智路に進み、五百メートルほど先にあるＴＡＩＰＥＩ１０１の地下駐車場に入った。

――マジックドリルです。現在、ＴＡＩＰＥＩ１０１のコントロールセンターが何者かに乗っ取られています。エレベーターの制御も奪われました。独自のプログラムを走らせているようです。目視できただけで敵は二十名います。

森本が悲壮な声で知らせてきた。夏樹らが到着したことは分かっているのだ。

「冗談だろう。九十二階まで駆け上がれというのか」

腰にタクティカルベルトを巻いた夏樹は、バックパックからグロック19とＭＰ７Ａ２を出しながら舌打ちをした。

――こちら、ニエボ・ディアベル。敵のプログラムにバックドアを作りました。展望台用のエレベーターなら乗っ取れます。ただし、制御を奪える時間は限られます。

ユリアから連絡が入った。彼女は以前使っていたハンドルネームを使っている。

「制限時間は、何分だ？」

夏樹は非常階段のドアを開けながら尋ねた。展望台用のエレベーターは、五階から乗ることができるからだ。

――相手次第ですが、四十秒から五十秒です。

ユリアは言いにくそうに答えた。相手とはコントロールセンターを乗っ取ったハッカーのことだろう。

「充分だ。直前に連絡する」

夏樹は階段を駆け上がりながら頷(うなず)いた。ＴＡＩＰＥＩ１０１のエレベーターは五階から八十九階までわずか三十七秒で到達する。東芝(とうしば)製で時速六十キロという超高速エレベーターなのだ。

「展望台用のエレベーターを使うのね」

麗奈は走りながら確認してきた。

「八十九階から階段で九十二階まで上がり、敵を倒す」

夏樹は簡単に答えた。

——監視カメラをハッキングできました。五階には四人の男が待ち構えています。しかも警備員が全員倒されています。今日はクリスマスの翌日で警備も手薄だったようです。

森本からの連絡が、いつもより遅い。敵のハッカーに邪魔されているのだろう。敵も優秀ということだ。森本らデビル・マジックも監視映像を見ているが、敵も見ているに違いない。

五階のドアの前で立ち止まった。階段室の外で敵は待ち構えている。

夏樹はポケットから閃光手榴弾・M84スタングレネードを出して安全ピンを抜くと、ドアを開けて投げた。

破裂音がし、ドアの隙間から強烈な光が差し込んだ。

麗奈がドアを開け、夏樹がMP7A2を手に飛び出す。

ドアの前に二人の男が倒れている。だが、スタングレネードの閃光で一時的に体が硬直しているだけだろう。

夏樹は二人の顎を蹴り上げて気絶させ、離れた場所でうずくまっている二人の男たちが銃口を向けてきたので眉間に銃弾を打ち込んだ。四人ともアジア系である。紅軍工作部の兵隊なのかもしれない。

「マジックドリル。今からエレベーターに乗るぞ」

夏樹は展望台用のエレベーターホールに向かって走り、森本に合図した。

――五秒後にドアを開けます。

森本が答えた。

数メートル先のエレベーターのドアが開いた。夏樹と麗奈がエレベーターに乗り込むとドアが閉じ、動き出す。

夏樹はエレベーター内の表示パネルを見た。ブルーの楕円の中に青白いTAIPEI101のイラストがあり、その脇に現在の階層、高さ、分速、三十七秒（到着までの時間）のカウントダウンタイマーが表示されている。

カウントダウンが残り四秒で止まった瞬間、照明が消えて衝撃が走った。エレベーターが止まったようだ。

——敵に強制終了させられました。現在、八十六階辺りです。近くにメンテナンス用のドアがあるはずです。そこから脱出してください。

「分かっている」

夏樹は床に四つん這いになり、麗奈が夏樹の背中に乗った。

麗奈は天井のパネルを外してよじ上った。

夏樹はMP7A2を肩に担いで天井に飛びつくと、自力でエレベーターのカゴから脱出した。一メートルほど上にドアがあり、「86」と数字が書いてある。夏樹はドアの隙間に両手の指を差し込んで開けようとしたが、びくともしない。メンテナンス用なので普通のドアとは違うようだ。

「マジックドリル。メンテナンス用ドアが開かない。なんとかならないか」

夏樹は再度両腕に力を入れてみたが、開きそうにない。

——すぐに切断されると思いますが、エレベーターの電源を入れて開けます。敵はコントロールセンターを占拠して直接プログラムしているので、反応は早いんですよ。

森本の言葉通り、ドアは開いた。だが、同時にエレベーターのカゴが下がり始めた。

「先に上がれ！」

夏樹は麗奈に指示すると、ドアの裏側の梁(はり)を摑(つか)んだ。麗奈がフロアに上がると同時にエレベーターはするすると下がり、夏樹は指の第一関節だけで梁にぶら下がった。

「くっ！」

夏樹は両手を横にずらしてドアの開口部まで達すると、右腕をフロアの床に伸ばした。

「いけない！」

ドアが閉じるのを麗奈が両腕を伸ばして止めた。

夏樹は麗奈の脇からフロアに上がった。

——三名の敵が来ます。

「いたぞ！」

男の声とともに銃弾が床を跳ねた。

夏樹はうつ伏せの状態でホルスターからグロックを抜き、三人の男を撃った。

「うっ」

麗奈が左肩を押さえて跪(ひざまず)いた。

「大丈夫か」

夏樹は麗奈の肩を見ながらバックパックを下ろした。彼女の左肩を銃弾が掠(かす)めている。

「平気……」

麗奈は立ちあがろうとした。掠ったと言っても、五センチほど傷口がパックリと裂けている。

「動くな」

夏樹は麗奈のライダースジャケットのジッパーを下げ、左肩の傷口に止血剤を含んだパッドを当てた。

「用意がいいわね」

麗奈は落ち着いて深呼吸をした。彼女が銃で撃たれるのは初めてではないのだ。

夏樹は特製の医療テープを麗奈の肩に巻き付けて止血パッドを固定した。

「行けそうか？」

夏樹は周囲を警戒しながら尋ねた。

「全然平気」

麗奈は、左肩を回して答えた。今はアドレナリンのせいで痛みはあまり感じないのだろう。だが、タフな女ということは確かである。

——そちらに非常階段から五人の男が向かっています。

森本から連絡が入った。

「了解。敵が来るぞ」

夏樹は麗奈を物陰に隠れるようにハンドシグナルで示し、非常階段のドアまで走った。

ドアが乱暴に開き、銃を手にした三人の男が現れた。男たちはいきなり発砲してきた。夏樹は横に飛び、グロックを連射した。二発が二人の男の眉間に命中し、一発が男の首に命中する。新たに現れた二人に銃を向けたが、次々と頭を撃ち抜かれて倒れた。振り返ると、麗奈がグロックを握っていた。援護してくれたのだ。

夏樹は立ち上がると、首に銃弾を受けてもがいている男の頭を撃ち抜いた。

「行くわよ」

麗奈は死体を跨(また)いで階段室のドアを開けた。

「了解」

夏樹は苦笑を浮かべ、階段室に入った。

6

午後十一時四十一分。

夏樹と麗奈は八十六階から階段を駆け上がった。設計図に書き込まれた爆破予告時間が刻一刻と迫っている。

八十八階で銃弾が撃ち込まれ、階段の手すりが火花を散らした。

――四名の敵が、九十階の踊り場にいます。

森本が報告してきた。

「監視カメラを切断できないのか？」

夏樹はMP7A2で応戦しながらじりじりと階段を後退した。敵味方お互い監視カメラの映像で相手を確認している。だが、敵が上階にいる以上、夏樹と麗奈の方が圧倒的に不利なのだ。

――敵にだけ見られないようにすることは不可能です。

「すべて遮断するんだ。できないのか！」

苛立ちを覚えた夏樹は声を上げた。同じ条件なら監視カメラの映像がない方がいいに決まっている。

――いたちごっこになりますが、できます。

森本は自信なげに答えた。ハッキングしても、すぐにブロックされるからだろう。

「敵は八十七階にいるか？」

夏樹は懐から設計図を出して尋ねた。設計図には八十七階にも爆弾を仕掛けることになっている。

——敵の姿はありませんが、サスペンション装置に爆弾が仕掛けてあるようです。

森本は答えた。敵は爆弾を仕掛け、上階に立ち去ったらしい。

「爆弾を撤去している間、監視カメラを切断してくれ」

球体を吊り下げているケーブルが切断されてもサスペンションがあれば、下から支えることができるだろう。制振機能は一時的に失われるが、後日修理は可能なはずだ。

——了解しました。頑張ります。

無線通話を終えた夏樹は八十七階まで階段を下りた。

TAIPEI101は、八十七階から九十二階まで建物の中心部が吹き抜けになっており、チューンド・マス・ダンパー、通称ウインドダンパーが設置されている。八十八階から九十階まではドーナッツ状のステージの周囲に手すりが設けられ、一般客がチューンド・マス・ダンパーの設備を見学することができた。

——監視カメラを停止させました。

「了解」

夏樹と麗奈は無線連絡を合図に八十七階の階段室から飛び出し、手分けするため夏樹はダンパーの反対側に回った。

ジャッキと同じ形状の二本のダンパーがVの字の逆さまの形状で、球体の中央にある帯状の突起を四ヶ所から支えている。ダンパーが設置されている根本部分に時限爆弾が仕掛けてあった。カウントダウンタイマーは二十三時五十九分五十秒にセットしてあり、残り時間は十二分二十秒である。

一キロほどのピンク色のセムテックスがダンパーに貼り付けてあり、その上にタイマー付きの電子基盤が載せられていた。電子基盤から延びた二本の配線の先端にある電気雷管がセムテックスに差し込まれている。

セムテックスの量から考えてダンパーの破壊に止まらず、八十七階の床と八十六階の天井も完全に抜け落ちるだろう。

「単純な構造だな。セムテックスに差し込んである雷管を抜けばいいはずだ。一応トラップがないか調べてみる」

夏樹は爆弾の裏側を覗き込みながら麗奈に無線で伝えた。

――もう、雷管を抜いたわよ。問題ないようね。

麗奈は抑揚もない声で答えた。

「おいおい」

対角線上にあるダンパーを覗くと、麗奈が肩を竦めてみせた。

舌打ちをした夏樹は手元の爆弾の電気雷管を抜き、ついでに起爆装置も取った。二つ目の爆弾の電気雷管も抜き、起爆装置を剝ぎ取ってポケットに入れた。敵が解除した爆弾を見つけても起爆装置がなければ、セムテックスは爆発しないからだ。

銃弾が耳元を掠めた。二つ上の八十九階から銃撃してきたのだ。

──監視カメラが復活しました！　また、攻撃します。

森本が悲鳴を上げている。

「了解」

夏樹は麗奈にハンドシグナルで階段室に行くように合図した。

「起爆装置も回収したわ。あとは九十二階ね。でもどうやって上階まで行くの？」

麗奈も起爆装置を残しておくのは危険だと分かっていたらしい。もっとも、解除できる能力があれば、誰でも気付くことである。

「考えがある」

夏樹は起爆装置のタイマーを見て右口角を上げた。残り時間は九分を切っている。

一分後、夏樹は八十六階にあるメンテナンス用ドアから展望用エレベーターのシャフトに侵入した。

デビル・マジックが手分けし、監視映像を止め、同時にメンテナンス用ドアを開けたのだ。メンテナンス用ドアはすぐに閉じられたので、敵に見つかることはなかったはずだ。

ＴＡＩＰＥＩ１０１のエレベーターは、通常のエレベーターと違ってカゴの上下にレーシングカーの先端の様な形状の整風カプセルがあり、その中に気圧制御システムがある。そのため、高速で上昇してもカゴ内部の気圧の変化率を一定にすることで耳を痛めることがないのだ。また、カゴの上部だけでなくサイドにもケーブルがある。

　夏樹はサイドのケーブルをよじ上った。さすがというか日本製のエレベーターだけにシャフトの造形に無駄がない。鉄骨が剝き出しになっていれば摑まれそうなのだが、一般のエレベーターとは違うのだ。シャフトというより、高速エレベーターを走らせるためのトンネルと言った方がいいだろう。

　夏樹は終点である八十九階のドアを過ぎても上り続け、巻き上げ機がある九十階の機械室に忍び込んだ。森本から連絡はないが、再び監視カメラを停止させたのかもしれない。

「ボニート。到着」

　夏樹は無線連絡を入れると、ドアを薄く開ける。

階段室から銃撃音が聞こえてきた。夏樹が九十階に到着した合図で、麗奈が八十七階から攻撃することになっていた。

　フロアに誰もいないことを確認した夏樹は、階段室のドアを開ける。四人の男が階段下に向かって銃撃していた。

　夏樹はMP7A2を連射モードに設定し、四人の頭部を撃ち抜く。

「クリア！」

夏樹は無線で麗奈に報告すると、MP7A2を構えて階段をゆっくりと上る。森本は監視カメラの映像で敵は目視できただけで二十人いると言っていた。これまで十六人の敵を倒している。少なくとも四人は残っているはずだ。

――了解。

麗奈が即答した。

九十一階の階段室のドアが開いた。夏樹はすかさずMP7A2を連射する。

ドアが閉じると同時に爆発音が響いた。

階段を駆け上がった夏樹は九十一階のドアを開けて、フロアに飛び込んだ。

ドア近くの床に二人の男が倒れていた。一人は右腕から大量の血を流して倒れており、もう一人は全身から血を流している。

一人は手榴弾を階段に投げ込もうとしたが、夏樹が銃撃したので腕ごと吹き飛ばされたようだ。安全ピンが抜かれた手榴弾は床に転がり、ドアを開けた別の男の足元にでも落ちて爆発したのだろう。

夏樹は四方に銃口を向けて残党を探したが、目視できる範囲では確認できない。だが、少なくともあと二人いるはずだ。

「爆弾を解除するわ」

階段室から現れた麗奈は、フロアの奥に向かって駆けていく。時刻は午後十一時五十七分になっていた。

麗奈が反対側に行ったので、夏樹は手前にあるワイヤーを固定するジョイントに駆け寄った。ジョイントに八十七階で見たのと同じ構造の時限爆弾が仕掛けてある。

夏樹はMP7A2を床に置くと、セムテックスから電気雷管を引き抜き、起爆装置である電子基盤も剝ぎ取った。

瞬間、激痛を覚え尻餅をついた。

左手で右肩を触ると、べっとりと血が付いた。右肩を銃弾が抜けたのだろう。

銃声。

——こちらスコーピオン。狙撃犯を一名射殺。同じ階にまだ残っていたのね。大丈夫?

麗奈が敵を倒してくれたらしい。

「撃たれたが、大丈夫だ。それより、爆弾の解除を急げ!」

夏樹は左手でMP7A2を拾うと、時計と反対周りにドーナッツ状のフロアを走り、別のケーブルジョイントの時限爆弾を発見した。

——こちらスコーピオン。時限爆弾を解除。

「こっちも終わった」

夏樹は電気雷管を抜いて答えた。

起爆装置のタイマーは、「235940」で停止している。

7

午前零時二分。

「マジックドリル。監視カメラを起動させて残党を見つけろ」

夏樹は解除した爆弾の基盤を床に落とし、踏みつけて破壊した。

——数分前からやっていますが、できません。他の電源はすべて正常に戻っています。コントロールセンターを占拠していたやつが、サーバーを物理的に破壊して逃げたようです。

コントロールセンターは下の階にある。時限爆弾のとばっちりを受けない様に脱出したに違いない。

「待てよ」

夏樹はMP7A2を肩に担いでグロックを抜くと、階段を下りた。

「どうしたの？」

麗奈も階段を駆け下りながら尋ねてきた。

「先に脱出し、警察に通報してくれ。俺は敵を追う」

「残党の居場所が分かったの？」

麗奈は戸惑い気味に尋ねた。

「コントロールセンターの犯人は、数分前に脱出している。だが、爆弾を仕掛けた連中はぎりぎりまで残っていた。自殺願望があるとは思えない」

「まさか……」

麗奈は目を丸くしている。

「任せてくれ」

夏樹は鋭い目付きで言った。

「分かった」

麗奈は小さく頷いた。夏樹の決意を読み取ったらしい。

八十九階に到着すると、麗奈は五階までの直行便に乗り、夏樹はその奥にあるエレベーターに乗り込んだ。コントロールパネルの「101」というボタンを押す。

TAIPEI101の展望台は八十九階の屋内展望台、九十一階の屋外展望台だけでなく、最上階の百一階にもあった。また、〝スカイライン460〟という百一階の屋上、海抜四百六十メートルのオープンスペースにも出ることができる。

九十一階の屋外展望台は、ねずみ返しがある高いフェンスがあるのに対し、百一階の屋上は腰高の手すりがあるに過ぎない。そのため、屋上に上がる際は安全帯の着用が義務付けられている。

百一階に到着した。

夏樹は左手でグロックを構え、慎重にフロアに出た。ペパーミントグリーンに塗られた狭い階段があり、「▲101RF」と照明に書かれてある。

上方に銃を向けながら階段を駆け上がった。

階段上のドアを抜け、屋上に出た。強い北風が吹いている。

出入口の傍に小型のパラシュートがいくつも積み上げられている。夏樹の予想通り、八十九階の展望台より高いフロアにいた敵は、爆発の直前に屋上から脱出するつもりで用意していたのだろう。

夏樹は背負っていたバックパックを下ろし、パラシュートを背負ってハーネスのベルトを装着した。夏樹はCIAの訓練施設で厳しい降下訓練を受け、個人的にも訓練は続けている。

屋上展望台を回り込んで南側に出ると、パラシュートを身に付けた男が手すりを乗り越えようとしていた。その後ろ姿に見覚えがある。

「止まれ。范真毅！」

夏樹は男にグロックの銃口を向けて近付く。

「なっ！」

男は肩をびくりとさせて振り返った。

「やはりそうか。おまえが今回の作戦の総指揮をしていたんだな」

夏樹は范真毅の顔を見て頷いた。密かに日本を脱出し、台湾に潜り込んでいたようだ。

「貴様。冷的狂犬だな」

范真毅はジロリと睨みつけた。

「緒方もおまえが殺して、焼却したのか？」

夏樹はいつものように無表情で尋ねた。范真毅は緒方の死体を冷凍して日本に持ち込み、秋田で死体が見つかるように偽装工作したのだろう。

「焼却？　人聞きが悪い。緒方は、我々の台湾での活動を嗅ぎ回っていた。だから、二人の米国人同様協力を願った。だが、あの男は我々よりも上をいっていたのだ」

范真毅は両手を上げながら手すりの向こうに立った。話しながら時間を稼いでいるのだろう。

「死にたくなかったら動くな」

夏樹は范真毅の顔面に銃口を向けてゆっくりと近付く。

「尋問しても何も答えないので、心臓近くを撃った。すると、そこからガソリンが漏れてきたじゃないか。緒方は自分の死体が利用されないように傷つけられると、靴の踵に仕込んだ着火剤で火を点けた。ガソリンの袋と燃焼促進剤まで巻き付けていたのだ。あの男は勝ち誇った様に『ゲームの始まりだ』と叫んで笑いながら死んでいったよ」

范真毅は、そう言うと後ろに飛んで視界から消えた。

「させるか」

夏樹は屋上を走って手すりを飛び越えると、暗闇に躍り出た。

范真毅は、すでにパラシュートを開いている。

夏樹もリップコードを引いてパラシュートを開く。上空の気流に乗って范真毅の百五十メートルほど後方に付けた。TAIPEI101の南側には複数のビルが立ち並んでいるが、いずれも十五、六階とさほど高くないのでぶつかる心配はない。

范真毅のパラシュートが僅かに左に傾き、進路を南南東に変えて降下する。

夏樹も左のトグルを引いてブレーキを掛け、左に進路を取った。

五百メートルほど飛行した范真毅は、台北市松山地政事務所前にある広大な駐車場に着陸する。范真毅は足を引きずりながらハーネスを外し、振り返ると銃撃してきた。着陸の際に足を痛めたのだろう。

夏樹がグロックで応戦すると、范真毅は車の陰に隠れた。その隙に駐車場に降りると、ハーネスを脱却する。強風に煽られたパラシュートは、夜空に舞い上がった。

背後でいきなりエンジン音が響き、黒のベンツが突進してきた。

夏樹は避けきれずにジャンプした。車のフロントガラスに背中から打ち付けられ、回転しながら振り落とされる。

范真毅がベンツの助手席に乗り込んだ。

「くそっ！」

夏樹は立ち上がると、膝に手を当てた。背中から車に飛び込んだのは受け身をとるためだったが、振り落とされて着地する際に膝を打ったのだ。

クラクションが鳴り、夏樹の目の前にヤマハ・MT－25が停止した。

「乗って！」

麗奈が叫んだ。

夏樹はデジャブーを覚えながら、タンデムシートに跨った。今回は洟をかむ必要はなかったらしい。

## 8

麗奈はアクセルを開き、後輪から煙を吐きながら発進した。

黒のベンツは基隆路一段に右折すると左車線に寄って基隆路地下道に入った。

麗奈はスピードを上げて地下道に突進し、ベンツとの距離を百メートルまで縮めた。

「尾行する必要がある？」

麗奈が聞いてきた。すぐに殺さないのかと言いたいのだろう。

「確実に殺す必要はある」

夏樹は左手にグロックを握って答えた。

「オーケー。詰めるわよ」

麗奈はアクセルを開いた。MT－25が唸りを上げ、ベンツと並ぶ。トンネルだけに車輪を狙った場合、後続は事故に巻き込まれる。追い抜きながら攻撃するのだ。

夏樹が銃口を向けるよりも早く、ベンツが幅寄せしてきた。

「トンネルは嫌ね」

麗奈はブレーキを踏んでかわし、ベンツの後ろに付ける。

ベンツの右後部座席から男が身を乗り出し、銃撃してきた。彼らはトンネルを利用し、決着をつけるつもりなのだろう。

だが、麗奈は巧みに左に寄せ、夏樹は右手に銃を持ち替えて男の顔面中央を撃ち抜いた。アドレナリンが切れたのか、右肩に激痛が走った。右腕は限界かもしれない。眉間を狙ったが、五センチほど手元が狂ったのだ。

トンネルを抜け、松隆路の交差点に差し掛かる。ベンツは赤信号を無視して直進すると同時に、左後部座席から別の男が銃撃してきた。

麗奈は咄嗟に右車線に入ったが、松隆路から交差点に進入してきたトラックと接触しそうになり、ハンドルを右に切って基隆路一段に進入する。ベンツはそのまま直進し、高速道路に通じる正気橋に進んだ。交差点は片側四車線だが、数十メートル先で分岐になっている。

「くそっ！」

鋭い舌打ちをした麗奈は道をUターンした。クラクションの嵐が吹き荒れる中、交差点でさらにターンすると、正気橋に入る。逆方向を走り、交差点で右折する車を強引に止めてUターンしたのだ。生きた心地がしない。

「お手柔らかに」

夏樹は頭を振った。自分が運転していても同じことをしただろう。だが、他人がしているのを側で見れば、大胆を通り越して常軌を逸している。

かなり距離を開けられた。遅い時間だがまだ交通量はある。正気橋は二車線ということもあるのだろう。この先で市民大道高架道路と合流し、四車線になる。交通量は相対的に少なくなり、ますます距離は開けられるだろう。それまでに距離を縮めるほかない。

麗奈は、スピードを上げて車の間を縫う様に走る。やがて市民大道に出た。

「見つけた」

麗奈は声を弾ませた。

「気付かれない様に、車間距離を取るんだ。ここで始末したら大惨事になる」

夏樹は麗奈の耳元で声を上げた。

「そうね」

麗奈はつまらなそうに答えると、ワンボックスカーの後ろにバイクを付けた。ベンツとは五十メートルほどの距離だが、気付かれることはないだろう。

五十分後、ベンツは桃園（とうえん）国際空港の第二ターミナルの地下駐車場に入った。

麗奈はベンツを追ってゆっくりと地下駐車場に入る。

――監視サーバーをたった今、ハッキングしました。十秒後なら行動を起こしてもかまいません。

森本から無線が入った。十秒後にループ映像に切り替わるので、襲撃しても大丈夫ということである。

「5、4、3、2、1、行くぞ」

カウントダウンすると、麗奈の肩を叩（たた）いた。

――ベンツは、中央通路の真ん中です。

森本は監視映像で確認したようだ。

麗奈はそのまま中央通路を進む。ベンツの前で夏樹はシートから飛び降り、グロックを構えて近付いた。麗奈はそのまま進みUターンする。

「むっ！」

夏樹はグロックを下げた。運転席の男がぐったりとしている。よく見るとこめかみから血を流しているのだ。覗き込むと後部座席にも二つの死体があるが、范真毅の姿はない。部下を口封じに殺害し、脱出したようだ。

Uターンしてきた麗奈がベンツを通り越して数メートル先で停まった。また後ろに乗れと言うのだろう。夏樹の右腕は痛みで動かなくなっている。さすがに代われとは言えない。

「遠くには行っていないはずだ」

夏樹はタンデムシートに跨った。

轟音。

バイクが動き出した直後に、夏樹と麗奈は爆風で飛ばされた。ベンツが爆発したのだ。

バイクは駐車してあった車にぶつかり、夏樹はぶつかった車のボンネットに投げ出された。だが、それがかえってよかったらしい。爆風のため耳がよく聞こえないが、大きな怪我はないようだ。麗奈はバイクの下敷きになって倒れている。

「麗奈！」

夏樹はバイクをどかし、麗奈のヘルメットを外して揺り動かした。

「……大丈夫。それよりも追って」

麗奈は力無く指差した。その先に足を引きずりながら走っていく范真毅の姿がある。

夏樹は、足元に落ちていたグロックを拾って走り出す。途端に眩暈がして近くの車にぶつかって転んだ。だが、頭を振って立ち上がると猛然と走った。

范真毅は階段室に消えた。一階に出て利用客に紛れるつもりなのだろう。

左手にグロックを握った夏樹も階段室に入る。

「……！」

殺気を感じた夏樹は、咄嗟に体を捻った。だが、左肩口が焼ける様な痛みを感じ、銃を落とした。

「おおっと、怪我をしたのか？」

范真毅が、笑いながら夏樹のグロックを後方に蹴った。右手に刃渡り十五センチほどのナイフを握っている。

夏樹は左右の手をゆったりと前に出した。八卦掌の構えである。

「情報通りだな。冷的狂犬は八卦掌の達人と聞いたことがある」

范真毅はナイフをベルトのシースに仕舞うと、同じ八卦掌の構えになった。それもかなりできるようだ。

「自分だけ達人とは思わないことだ」

範真毅は突き、蹴りと連続技を繰り出す。

夏樹は突きを受け流し、蹴りを蹴りで受け止める。さきほどまで動かなかった右手もアドレナリンのせいか動いている。

範真毅の攻撃は果敢であるが、梁羽と比べるまでもなく稚拙で攻撃パターンは読めた。範真毅の突きをかわすと、斜めから一気に間合いを詰めて左掌打を胸に当てた。

範真毅は衝撃で二メートル後方の壁に背中からぶつかって跪いた。

「ハンディをやる。ナイフを使え」

夏樹は左手で手招きをした。右腕が再び上がらなくなっている。時間を掛ければ不利になるのはこっちだ。

「ふざけるな！」

立ち上がった範真毅はナイフを抜くと、夏樹の心臓めがけて右手を伸ばした。

夏樹は左に体を入れ替えて右手で範真毅の腕を摑んだ。そのまま捻りながら引き崩してナイフを奪い、範真毅の喉を掻き切った。

「なんという……」

範真毅は「なんという技だ？」と聞きたかったのだろう。日本の古武道の技である。

中国人の范真毅が知らないのも無理はない。范真毅は首から噴水の様に血を吹き出しながら倒れ、血の海に溺れるように体を沈めた。

夏樹は振り返ることもなく無言で立ち去った。彼の死に様は、見届ける価値もないからである。

「動けるか？」

駐車場で車のタイヤにもたれて座っている麗奈に尋ねた。

傍では、空港職員が消火器でベンツの火を必死に消している。

「バイクの運転もできるわよ」

麗奈はヘルメットを被ると、自分でバイクを起こした。

「それじゃ、乗せてもらうか」

夏樹はタンデムシートに跨った。

# エピローグ

二〇二四年二月三日。パリ18区。

夏樹は一週間前、パリに戻っていた。

台湾で受けた傷が意外に深傷だったため、一週間ほど治療のために滞在した。その後、パリに帰るつもりだったが、麗奈が日本の温泉で療養するというので二週間ほど、雪に閉ざされた旅館で一緒に過ごしたのだ。

パリに帰ってからも仕事に復帰するつもりはなく、のんびりと過ごした。だが、森本が日本と台湾の事件が解決したことを祝うパーティーを開きたいというので、彼らの拠点である〝赤いドア〟を訪れたのだ。

台湾における紅軍工作部の陰謀は、指揮官であった范真毅が死亡したことで終わりを告げた。麗奈はことの顚末を詳細に国防局に報告し、日本政府を通じて台湾当局と米国政府にも報告がされている。二人の日本の諜報員の活躍ということで、名前は伏せられた。だが、なぜか、冷たい狂犬が働いたという噂が流れたようだ。まあ、ミステリアスな話が広がる程度なら仕事に支障はない。

また、TAIPEI101のコントロール室を占拠し、唯一脱出していた犯人をユリアが見つけ出していた。彼女はコントロールセンターのパソコンに残されていたウイルスを解析し、作成したハッカーの身元を割り出したのだ。台湾在住の中国人ハッカーで、TAIPEI101の事件に関わっていたと台北警察署に通報した。二日前に郭智為（かくちい）という二十四歳の中国人が逮捕されている。彼の逮捕で事件が完全に解決したということで、パーティーを開くことになったのだ。

夏樹は手に埋め込んだICチップで玄関ドアを開けた。廊下を進んでエレベーターに乗り込み、六階のボタンを押す。右肩の銃創はほぼ治っており、後遺症もなさそうだ。温泉での療養がよかったらしい。

六階でエレベーターを降り、廊下の突き当たりのドアを開けた。

「コングラッチュレーションズ」

森本とアンナとユリアの三人が声を揃え、クラッカーで紙吹雪を飛ばした。

60インチのディスプレーの前にテーブルが用意され、サンドイッチや寿司（すし）の皿が並んでいる。それにバケットにワインが冷やされていた。

「誰かの誕生日か？」

夏樹は髪に掛かった紙吹雪を払いながら苦笑した。

「よく分かりましたね」

森本がおどけて見せた。

「シャンパンのグラスは冷やしてあるか？」

夏樹は持参したシャンパンを入れた袋を森本に手渡した。冷蔵庫に半ダースのシャンパングラスを冷やしておくように言っておいたのだ。

「もちろん。えっ！　これっ！　アルマンドシルバーじゃないですか！」

袋からスペードのマークの瓶を二本出した森本が大袈裟(おおげさ)に驚いている。

「事件の祝いだけじゃないからな」

夏樹は口角を僅(わず)かに上げた。アルマンドシルバーは、一本十二万円ほどで祝い事ならそれで充分であろう。ちなみにアルマンドブラックなら一本八十万円近くする。上を見たらキリがない。

「事件のお祝いだけじゃないんですか？」

森本がアンナとユリアの顔を交互に見て首を傾げた。シャンパンが高級だと驚いているようだ。

「新しい仲間を紹介する」

夏樹が指を鳴らすとドアが開き、麗奈が顔を見せた。

「麗奈・真木です。今日からチームの一員になれて感激です。よろしくね」

麗奈は簡単に自己紹介した。彼女は一月末日付で国防局を退職したことになっている。本当に退職したのかは、正直言って調べようがない。

だが、彼女もパリを拠点に夏樹と行動することになっている。今回の麗奈の働きは、夏樹の想像を遥かに超えるものだった。一緒に行動しても足を引っ張るどころか助けになる。夏樹は温泉で療養中に誘ったのだ。

麗奈は夏樹の活躍を見てフリーになる決心をしていたそうだ。もっとも、夏樹の金回りがいいことに目を付けたのかもしれないが、動機はどうでもよかった。

「ワオー。あのスーパーウーマンがチームに入るの？　本当？」

アンナとユリアが顔を見合わせて、麗奈を尊敬の眼差しで見つめた。デビル・マジックのメンバーは夏樹のサポートをしていたため、麗奈の活躍も目の当たりにしているのだ。

「十年以上前から、あなたのファンです」

森本が麗奈の前に立って両眼を輝かせた。

「大袈裟な奴だ」

夏樹はシャンパンの栓を抜いた。景気良く天井にコルクの栓が跳ね返る。

冷蔵庫から出した五つのグラスにアルマンドシルバーを注ぐ。

夏樹がグラスを取ると、仲間もグラスを手に取った。

「改めて」

夏樹が言葉を発すると、

「コングラッチュレーションズ！」

仲間はグラスを掲げた。

本書は書き下ろしです。
この作品はフィクションです。実在の人物、団体等とは一切関係ありません。

# 挽歌の雪

**渡辺裕之**

令和6年 5月25日　初版発行

発行者●山下直久

発行●株式会社KADOKAWA
〒102-8177　東京都千代田区富士見2-13-3
電話　0570-002-301（ナビダイヤル）

角川文庫 24170

印刷所●株式会社暁印刷
製本所●本間製本株式会社

表紙画●和田三造





●お問い合わせ
https://www.kadokawa.co.jp/（「お問い合わせ」へお進みください）
※内容によっては、お答えできない場合があります。
※サポートは日本国内のみとさせていただきます。
※Japanese text only





ISBN 978-4-04-114852-5　C0193


◇◇◇

# 角川文庫発刊に際して

角川源義

第二次世界大戦の敗北は、軍事力の敗北であった以上に、私たちの若い文化力の敗退であった。私たちの文化が戦争に対して如何に無力であり、単なるあだ花に過ぎなかったかを、私たちは身を以て体験し痛感した。西洋近代文化の摂取にとって、明治以後八十年の歳月は決して短かすぎたとは言えない。にもかかわらず、近代文化の伝統を確立し、自由な批判と柔軟な良識に富む文化層として自らを形成することに私たちは失敗して来た。そしてこれは、各層への文化の普及滲透を任務とする出版人の責任でもあった。

一九四五年以来、私たちは再び振出しに戻り、第一歩から踏み出すことを余儀なくされた。これは大きな不幸ではあるが、反面、これまでの混沌・未熟・歪曲の中にあった我が国の文化に秩序と確たる基礎を齎らすためには絶好の機会でもある。角川書店は、このような祖国の文化的危機にあたり、微力をも顧みず再建の礎石たるべき抱負と決意とをもって出発したが、ここに創立以来の念願を果すべく角川文庫を発刊する。これまで刊行されたあらゆる全集叢書文庫類の長所と短所とを検討し、古今東西の不朽の典籍を、良心的編集のもとに、廉価に、そして書架にふさわしい美本として、多くのひとびとに提供しようとする。しかし私たちは徒らに百科全書的な知識のジレッタントを作ることを目的とせず、あくまで祖国の文化に秩序と再建への道を示し、この文庫を角川書店の栄ある事業として、今後永久に継続発展せしめ、学芸と教養との殿堂として大成せんことを期したい。多くの読書子の愛情ある忠言と支持とによって、この希望と抱負とを完遂せしめられんことを願う。

一九四九年五月三日

# 角川文庫ベストセラー

## 暗殺者メギド
渡辺裕之

1972年——高度成長を遂げる日本で、哀しき運命を背負った一人の暗殺者が生まれた……巨大軍需企業との暗闘！ ヒットシリーズ『傭兵代理店』の著者が贈る、アクション謀略小説！

## 漆黒の異境
暗殺者メギド

渡辺裕之

フリージャーナリストとなった加藤の誘いで沖縄に向かった達也。だが、そこには返還直後の沖縄が抱えた様々な問題と、メギドを狙う米軍が待ち構えていた！ 著者の本領が発揮された好評シリーズ第2弾！

## 堕天の魔人
暗殺者メギド

渡辺裕之

沖縄で幸福な日々を送っていた達也は、別人格メギドに導かれるように、ふたたび修羅の道へ……九州に降り立った達也に待ち受けるものとは？ 1970年代を舞台に繰り広げられるハードアクション第3弾！

## 悪神の住処
暗殺者メギド

渡辺裕之

九州の炭鉱町での争乱を逃れ、北海道の地へと流れてきた達也。そこで彼を待っていたものは……？ そして新たに覚醒した人格は恐るべき秘密を持っていた。大人気シリーズ第4弾！

## シックスコイン
渡辺裕之

古武道の英才教育を受けた大学生・霧島涼。ある日自分の周囲で謎の事件が起き、やがて自分の命も狙われる。そして浮かび上がった秘密結社〝守護六家〟の秘密？ 大型アクション巨編！

# 角川文庫ベストセラー

**闇の嫡流**
シックスコイン
渡辺裕之

〝守護六家〟の頭領家の宿命に悩む涼。しかし病に倒れた祖父の命を受け紀伊半島に向かう。そこで涼が見たのは横暴なエコテロリスト、そしてアメリカの陰謀だった。新シリーズ第2弾！

**闇の大陸**
シックスコイン
渡辺裕之

祖父・竜弦の術で中国に送り込まれた霧島涼。そこで彼が見たものは人身売買、公害の垂れ流し、弱者への暴力など中国の闇だった。仲間とともに立ち上がった涼だったが……。

**闇の縁者**
シックスコイン
渡辺裕之

家族を殺した雷忌を捜すため、掟に反して渡米した里香。彼女を連れ戻してくるよう竜弦より命を受けた涼はLAに飛ぶ。そこで涼に接近する謎の男。さらに国家的な犯罪に巻きこまれ……シリーズ第4弾！

**闇の四神**
シックスコイン
渡辺裕之

大学を卒業し新聞記者となった涼。しかし予想と違い、実際の記者の堕落ぶりに失望を覚える。そんな時、次々と不可解な出来事が。そして魔の手はついに〝守護六家〟にまで及んできた。恐るべき敵の正体とは？

**闇の魔弾**
シックスコイン
渡辺裕之

攻撃を受け地下に潜った頭領・竜弦は、代行の涼にタイに潜伏している将来の青龍候補を探し出せという命を下す。一方芳輝一派の過去を探るために里香は台湾へ飛ぶが……壮大なスケールで描くアクション巨編！

# 角川文庫ベストセラー

代償　伊岡瞬

不幸な境遇のため、遠縁の達也と暮らすことになった圭輔。新たな友人・寿人に安らぎを得たものの、魔の手は容赦なく圭輔を追いつめた。長じて弁護士となった圭輔に、収監された達也から弁護依頼が舞い込む。

本性　伊岡瞬

他人の家庭に入り込んでは攪乱し、強請った挙句に消える正体不明の女《サトウミサキ》。別の焼死事件を追っていた刑事の下に15年前の名刺が届き、刑事たちは過去を探り始め、ミサキに迫ってゆくが……。

残像　伊岡瞬

浪人生の堀部一平は、バイト先で倒れた葛城を送るため自宅アパートを訪れた。そこで、晴子、夏樹、多恵という年代もバラバラな女性3人と男子小学生の冬馬が共同生活を送っているところに出くわす。

魔物（上）（下）新装版　大沢在昌

麻薬取締官の大塚はロシアマフィアの取引の現場をおさえるが、運び屋のロシア人は重傷を負いながらも警官2名を素手で殺害、逃走する。あり得ない現実に戸惑う大塚。やがてその力の源泉を突き止めるが——。

悪夢狩り　新装版　大沢在昌

試作段階の生物兵器が過激派環境保護団体に奪取され、その一部がドラッグとして日本の若者に渡ってしまった。フリーの軍事顧問・牧原は、秘密裏に事態を収拾するべく当局に依頼され、調査を開始する。